『雨花英烈史料』丛书

雨花英烈诗词

◎雨花台烈士陵园管理局 编

南京出版传媒集团
南京出版社

图书在版编目（CIP）数据

雨花英烈诗词 / 雨花台烈士陵园管理局编. -- 南京：南京出版社，2017.12

（雨花英烈史料丛书）

ISBN 978-7-5533-2029-8

Ⅰ. ①雨… Ⅱ. ①雨… Ⅲ. ①诗词—作品集—中国—现代 Ⅳ. ①I226

中国版本图书馆CIP数据核字（2017）第293107号

丛 书 名：“雨花英烈史料”丛书
书　　名：雨花英烈诗词
作　　者：雨花台烈士陵园管理局
出版发行：南京出版传媒集团
南 京 出 版 社

社址：南京市太平门街53号　　邮编：210016
网址：http://www.njcbs.cn　　电子信箱：njcbs1988@163.com
联系电话：025-83283893、83283864（营销）　025-83112257（编务）

出 版 人：项晓宁
出 品 人：卢海鸣
责任编辑：王松景
装帧设计：王　敏
责任印制：杨福彬

排　　版：南京新华丰制版有限公司
印　　刷：南京斯马特数码印务有限公司
开　　本：787毫米×1092毫米　1/16
印　　张：9.5
字　　数：120千字
版　　次：2017年12月第1版
印　　次：2021年4月第 3 次印刷
书　　号：ISBN 978-7-5533-2029-8
定　　价：30.00元

用微信或京东APP扫码购书

用淘宝APP扫码购书

编写说明

1．因作者文字水平各异，语言习惯不同，文章中有些词句略欠规范。为保持原貌，在不影响理解的前提下，对原文一般不作改动。

2. 文章中的错别字、通假字及编者的注释用［ ］表示。

3. 文章中作者本人的注释，用（ ）表示。

4. 文章中的缺字、漏字和编辑补充的内容用< >表示。

5. 文章中无法辨认的字，用□表示。

6. 在一些诗词中，“的”“地”“得”“那”“哪”“他”“她”“它”不分，均未作改动。

总　序

雨花台，古称玛瑙岗，是坐落于南京城南的一处美丽山岗，也是自古以来为人吟咏的江南名胜。然而在新民主主义革命时期，这里却沦为阴森可怖的刑场，成为中国共产党人和爱国志士的集中殉难地，在此牺牲的烈士数以万计。

雨花英烈们牺牲时大多很年轻，许多人出身富裕家庭，受过良好教育。当他们救国救民的宏远理想与马克思主义所指引的科学路径、所昭示的光明前景不期而遇，伟大的信仰便在他们心底生根发芽，并在他们勇敢的革命实践中日渐坚固。他们在成长过程中、在革命历程中，曾写下了不少言语文字，包括遥寄思念的书信、记叙生活的日记、抒发情怀的诗词、陈说观点的文章。这些文字穿过腥风血雨、跌宕起伏的革命岁月留存至今，成为我们了解雨花英烈心路历程、提炼雨花英烈精神内涵的原始文献资料，虽历经岁月洗礼，弥足打动人心。

2014年12月，习近平总书记在视察江苏时指出："在雨花台留下姓名的烈士就有1519名。他们的事迹展示了共产党人的崇高理想信念、高尚道德情操、为民牺牲的大无畏精神。要注意用好用活丰富的党史资源，使之成为激励人民不断开拓前进的强大精神力量。"为贯彻落实习近平总书记的重要讲话精神，充分挖掘和利用雨花台丰富的红色资源，大力传承和弘扬雨花英烈精神，南京市雨花台烈士陵园管理局组织专门力量，对关于雨花英烈们的原始文献资料进行了系统梳理和认真研究，汇编成了"雨花英烈史料"丛书，并由南京出版社出版发行。丛书包括雨花英烈家书、文集、诗词、日记等册，通过不同形式、不同体裁，还原了革命年代的历史画面和英雄人物的内心世界。丛书内容真实，条理清晰，是雨花英烈精神的厚重载体，也是思想政治教育的生动读本。

伟大的事业需要伟大的精神。在党的十九大胜利闭幕之际，在中国特色社会主义进入新时代的今天，更加需要我们回望来路，感受革命年代的信仰选择和生死抉择，终身坚守和实践入党时的誓言。雨花台是中国共产党人的精神高地和信仰殿堂，雨花英烈们的英雄事迹则生动诠释了中国共产党人的初心和使命。在新时代传承好、弘扬好雨花英烈精神，是我们义不容辞的政治责任。相信“雨花英烈史料”丛书的出版发行，能够不断丰富雨花英烈精神的深刻内涵，让红色文化焕发出更强的感召力，激励广大党员干部不忘初心、牢记使命，以更新的精神状态向着建设“强、富、美、高”新南京美好蓝图努力前进，以更大的责任担当为党和人民事业不懈奋斗。

前　言

中国是一个诗词的泱泱大国，用诗词这一种文学形式记述历史、描绘事物以及抒发情感，在中国有着悠久的历史传统。“诗言志”，以诗词的形式抒发爱国情怀，是中国诗词的优良传统。雨花英烈在异常残酷的革命实践中，他们是战士，亦是诗人。他们忧国忧民，吮毫抒怀，或是慷慨激烈，长歌如虹，或是怨恨难平，幽思低诉，写下了大量足可传颂千古、震铄人心的爱国诗篇。

雨花英烈留下的这些诗词，蕴含着鲜明的时代气息。这本《雨花英烈诗词》选编的27位烈士130多首具有代表性的诗词，揭示了在争取民族独立、人民解放的新民主主义革命历史进程中，特别是在1927年大革命失败后那段血雨腥风的日子里，他们坚守自己的信仰，经受各种革命斗争的考验。他们用诗词抒发革命者的豪情壮志，用诗词来宣传群众发动群众；在阴森昏暗的牢狱中，他们用诗词来激励斗志，瞩目未来；面对敌人的屠刀，他们用诗词怒斥顽敌，表现了对人民的赤胆忠心。

为了一个新生的中国，恽代英举身自燃，散发出销熔金石的热力，迸射出绚丽多彩的光焰，以其思想和行动影响了整整一代青年，“我身上没有一件值钱的东西，只有一副近视眼镜，值几个钱？我身上的磷，只能做四盒洋火。我愿我的磷发出更多的热和光。我希望它燃烧起来，烧掉古老的中国，诞生一个新中国。”为唤醒更多的爱国青年走出校门，走向社会，邓中夏写下了一首激情昂扬的新体诗:“春花般的青年们哟！朝暾般的青年们哟！烈火般的青年们哟！新中华的改造只仗你们了，却不是仗你们几首新诗。青年们醒来哟！”李得钊在狱中留下了《烦闷》，曲折地描述了他忧国忧民的心情，坚决同象征黑暗势力的“烦闷”“铁索”“利刃”斗争到底的决心，在诗中他写道：“利刃哟！铁索呀！几时我得了能力，定要把你们捉住，然后一齐投在洪炉里，铸成座小小的生命胜利的纪念塔。”临刑之前，谢士炎写下绝笔诗：“人生自古谁无死，况复男儿失意时。多少头颅多少血，续成民主自由诗。”信仰和忠诚是共产党人的底色，而战斗在隐蔽战线上的英雄们更是信仰和忠诚的光荣化身。

《雨花英烈诗词》是革命先烈们心中最诗意的内心独白，饱含着对伟大信仰的坚贞和对美好生活的追寻。烈士们笔力遒劲，气势恢宏，将永不停止的理想追求和自强不息的豪迈气概化作一首首诗篇。生命不止、奋斗不息。我们要从这些先烈诗篇中汲取养分、增添力量，更好地继承先烈遗志，传承红色基因，为共同的理想信念而不懈奋斗。

目　录

王崇典

王崇典（1903—1928），字彝文、逸文，安徽涡阳人，中共党员。1926年考入东南大学（1927年6月改称第四中山大学）。1927年加入中国共产党，任第四中山大学党支部书记。1927年12月任中共南京市委候补委员。1928年5月因参加南京台城秘密会议被捕，9月牺牲。

无　题

今日肆虐一倭奴，入据中原别有图。
旅大未来真可恨，澎台久占是何由？
横行海内奚堪问，何时能有大众羞。
异臭腥膻侮我族，好如不共戴天仇。

注：1925年五卅运动期间，作者自编了这首歌词。

恽代英

恽代英（1895—1931），字子毅，化名王作霖，祖籍江苏武进，出生于湖北武昌。中国共产党创建时期的重要领导人，著名的政治活动家、理论家、青年运动的领袖。1915年考入武昌中华大学。1921年加入中国共产党。1923年当选为中国社会主义青年团中央执行委员会候补委员兼宣传部长。1924年国共合作时期任国民党上海执行部宣传部秘书。1926年在国民党二大上当选为国民党中央执行委员，同年任黄埔军校政治主任教官兼中共党团干事。1927年1月任黄埔军校武汉分校政治总教官，5月在党的五大上当选为中央委员。1928年6月任中共中央宣传部秘书长。1929年任中共中央组织部秘书长。1930年任中共沪中、沪东区委书记。1930年5月在上海前往老怡和纱厂联系工作时被捕，1931年2月解来南京，4月牺牲。

赠夏长青诗二首

（一）

闻道人间事，由来似弈棋。
本是同浮载，何用逐雄雌？
鬼妒千金子，人窥五色旗。

四方瞻瞅瞅，犹复苦争持。

（二）

每作伤心语，狂书字尽斜。
杜鹃空有泪，鸿雁已无家，
浩劫悲猿鹤，荒村绝稻麻。
转旋男儿事，吾党岂瓟瓜？

《学生周刊》发刊词

嗟我中国，强邻伺侧，外交紧急，河山变色。
壮哉民国，风起云蒸，京津首倡，武汉继兴。
维我学界，风潮澎湃，对外一致，始终不懈。
望我学生，积极进行，提倡国货，众志成城。
力争青岛，事出至诚。口诛笔伐，救国之声。
愿我同胞，声胆俱张，五月七日，毋忘毋忘！

注：1919 年，五四运动爆发，作者在武汉组织学生罢课和示威，作了前两首诗赠好友夏长青。第三首是作者写的一份诗传单，作为武汉学联机关刊物《学生周刊》的发刊词印行。

老蠢虫

老蠢虫，老蠢虫！
你真凶！
把棵大树心钻空，
树心空，

树要断，
大树倒，
大树死，
饿死你这老蠹虫！

注：1921 年前后，作者在安徽宣城师范任教期间，为该校一份油印小报的创刊号写下此诗。

我

我身上没有一件值钱的东西，
只有一副近视眼镜，
值几个钱？
我身上的磷，
只能做四盒洋火。
我愿我的磷发出更多的热和光。
我希望它燃烧起来，
烧掉古老的中国，
诞生一个新中国。

注：1921 年前后，作者在安徽宣城师范任教期间写下此诗。

梅花三弄国耻歌

游行警告我同胞，
国家耻辱可知道？
四年五月九日事，

大家不要忘记了，
是谁抢夺我青岛？
是谁割我台湾岛？
是谁蚕食我满洲？
忽然提起条件来，
海陆军队同时到。
看它气焰多凶横，
我们应当如何好？
二十一条何由来，
世人谁个不知晓！
限我四十八点钟，
完全答应毋违拗。
可怜政府太荒唐，
可怜国民空嚎咷，
看看不能再延迟，
只好全盘答应了！
如今整整过七年，
这样深仇犹未报。
何时合力保中华，
都得责成我同胞。

注：1915年1月，日本向袁世凯政府提出旨在独占中国的秘密条款“二十一条”。袁世凯为获取日本支持其称帝，于1915年5月9日接受了卖国的“二十一条”。1922年5月9日，四川泸州各界人民集会纪念“五·九”国耻的那天，当时作者正在率领泸州师范学校全校师生参加大会，会后举行了声势浩大的游行示威，并以《梅花三弄》的曲子填写了国耻歌、教大家齐声同唱。

游黄山

（一）

我生暇日本无多，为爱名山作此游。
凿石悬崖恰容足，攀登绝顶尽开怀。
苍茫天壤回望阔，绰约奇峰一眼收。
珍重大家健腰脚，终南华岳未全过。

（二）

久闻人说黄山好，今日欣登始信峰。
列嶂有心争峻秀，古松无语兀龙钟。
置身霄汉星辰近，俯首尘寰烟雾封。
到此方知是云海，下藏幽壑几千重。

（三）

我曾三次上匡庐，如此奇观到处无。
初试汤泉水刚热，又看黄海雪平铺。
草埋幽径人少过，风送深岭有鸟啄。
犹恨未能登绝顶，莲花峰外数天都。

注：1921 年 6 月，作者在宣城师范任教期间，与学生梅大栋等人结伴游览了黄山。这三首诗都是那次游山的即兴感赋。

一刹那的感想

昨天蓦然地想起来，
这魂魄还不曾有个地方安放。

这飘零的生活，
令心中每觉怅惘。
我待要不努力，
眼看见许多天使样的少年，
一个个像我样的堕入劫障。
我待要努力，
这罪孽深重的人类啊！
又处处的打消了我的力量。
是我对不住人类么？
是人类对不住我么？
我愉快的灵魂，
亦似乎感觉痛苦了。
这似乎是我听见了我灵魂的哀唱。
我知道我应该努力，
但我应该有更合宜的努力地方。
长铗归来乎！
何处是我的家乡？
令我这一颗柔软的心儿，
永远的这样系思怀想！

注：此诗摘自于作者1921年6月15日《致王光祈》一信。

时代的囚徒

囚徒，时代的囚徒，
我们，并不犯罪，
我们，都从火线上捕来，

从那阶级斗争的火线上捕来。
囚徒，不是囚徒，
是俘虏！

凭它怎么样虐待，
热血仍旧是在沸腾！
蚊蝇和蚤虱，
黄饭和枯菜，
瘦得了我们的肉，
瘦不了我们的骨！

囚徒，时代的囚徒，
我们并不犯罪，
我们都从火线上捕来，
从那阶级斗争的火线上捕来。
囚徒，不是囚徒，
是俘虏！

我们并不怕死，
胜利就在我们眼前！
铁壁和铜墙，
手铐和脚镣，
锁得住我们的身，
锁不住我们的心！

注：1930 年，作者在上海被捕后，先后关押在苏州和南京监狱，

始终坚不吐实，从未暴露自己的真实身份。面对铁窗，写下这首新体狱中诗和后面的《狱中诗》。

狱中诗

浪迹江湖忆旧游，
故人生死各千秋。
已摈忧患寻常事，
留得豪情作楚囚。

注：1931 年，作者被押送到国民党南京中央军人监狱，就义前作了此诗。

高文华

高文华（1907—1931），化名程清，笔名高潮，江苏无锡人，中共党员。1924年考入黄埔军校第三期。1925年加入中国共产党，8月任国民革命军第三师连党代表，1926年任北伐军总司令部工兵团营指导员、团党代表。1927年11月任共青团无锡县委书记。1928年3月在无锡周山浜汤家桥联络工作时被捕，解来南京，1931年7月牺牲。

饿囚之哀叫

（一）

自从昨日晚饭以后，
至今已十八个钟头。
我是什么也没有，
只挨了整晚的饥饿。
哦，饥饿！
整晚的饥饿，煞是难受！
自从昨日晚饭以后，
至今已十八个钟头。
我纵然是饿得难受，

但十八点钟呢?
吃饭还须一个钟头。

（二）

一个钟头，哦！一个钟头。
我已熬煞了十八个钟头，
恁还能等六十分钟的饿肚！
哦！娘呀！
这一分钟就像一年过度，
你叫我怎样等候！
哦！
我是什么也没有，我是什么也不希求。
只是呀！这不争气的饿肚呀！
为什么总在叽里咕噜！

（三）

哦！有，马上就有；
马上有开水散来，每人总可喝几口！
可怜啊，真正只有几口。
这半碗的开水，
还是顺顺咽喉，还是漱漱臭口。
臭吗？水恐比口还臭！
半冷半热，混浊不清，还有一些辛酸的饭臭！

（四）

开水喝过了，喝得就像格外的饿！
饿呀！不知要饿到什么时候！

（五）

看书罢，还是来看书罢！
看书或可遗忘饥饿，
看书或可消去忧愁。
况且，也可使时间快些过。
翻开那借来的洋书，
只见一行行的曲线，
活跃着振摇着在奔驰。
一行行起着罗［螺］纹在旋转，
一条条像向我的周围绕缠。
哦！我的眼睛怎样竟如此昏乱！
哦！我的眼前只起些黝黑的圈圈。
因为是借来的书吗？
还是我自己不安定心思！
因为是书本难读吗？
却是本极普通的历史！
咳！还能看什么书！

（六）

丢开了书本徘徊！
心上倒像有个希望可安慰！
啊！饭就快要来！
只须略略等待！
我像等待着什么佳肴！
我像渴望着我心爱的少女！
我的欲火点点的冒起来了。
啊！我到底在希求什么东西！

一步一步的度着，一点半点的烧着。
烧得我头脑昏沉，烧得我焦灼！
灼罢！灼罢！灼罢！
烧罢！烧罢！烧罢！
烧灼完了我这身躯，倒就什么事都可丢去！

（七）

格擦——铁门响了，
朋友，是不是希望来了。
咳！来的却是个马桶，
潮湿而又污秽，
臭气弥满了空中。

（八）

“为什么还不吹号啊！
九点钟怕早就到了！”
——朋友，
你是不是初进这监牢，
你怎么一些都不知道，
只要等待饭米煮好，
便什么时候都可以吹号！
“朋友，实在饿了啊！
今天是不是特别的晚烧！
啊！饭铥还不来呀！
我快要饿死了。
啊！朋友，饿的苦痛，实在难熬！”
——听罢，木履在响了；

听罢，饭菜已来了。
嗅罢，你嗅得着吗？
那是不是就是饭味道！

（九）

好容易等得门响，
好喜欢闻到饭香！
我的心灵啊！像花开一样！

（十）

污黑的铁盘，
盛着个小小的饭团，
饭团异常稀烂，
令人触目心寒。
污黑的铁碗，
盛着些微黄的菜汤，
菜汤倒很清爽，
直看到碗底，
有几片黄叶在波荡。

（十一）

我有只小小的磁［瓷］碗，
一盘饭，恰好是一碗。
这平平的一碗，这稀烂的一碗！
却要供我十二小时的烧燃！

（十二）

饭里充满着麦子谷子，
更有许多稗子黍子！
还有些白的和黑的，
就是石灰和砂子。
唉！
这就是我十九个钟点来希望着的珍肴！
咀着就把牙齿都锉掉，
不咀却怎样能咽得了。
检［捡］检［捡］却满碗都是……
不检［捡］就吃些针针和刺刺！
况且，哦！
要把那污秽检［捡］干净时，
饭里还剩几粒米子？

（十三）

吃罢！吃罢！吃罢！
有的吃，还管它什么！
紧闭了眼睛，
忍住了碎舌，
且管吃！吃！吃！
还管它是些什么！

（十四）

我用了最大的努力，
我忍着破碎了的嫩舌！
但是啊！

怎样也不能下咽，
喉头已像梗塞。
但是啊！
怎样也不能不吃！
十九个钟点的饥饿，
难道竟一见就饱得！
但是啊！
怎样也不能不吃，
今朝纵然忍住，
明天怎能耐得。

（十五）

粗糙的针刺不住地在喉头盘转！
晶晶的热泪不住地在眼里滚圈。
滚罢！热泪啊！
你就尽情的滚下来罢！

（十六）

你有什么苦处？
你曾洒过你的热泪。
你是个年轻的战士，
怎就对了饭碗流泪！
你曾上过战场，
与你的敌人厮杀过一番；
你曾见过破肚赤肠，
但你并不曾心伤。
你还手刃过敌人，

但你只有满腔的悲愤！
你曾几日不吃！
你曾口渴几日！
你曾吃过土里的树根，
你曾喝过沟里的臭水！
为什么，哦，为什么！
见了些粗糙米饭，
就要流泪哭泣！

（十七）

哦！
我纵然上过战场，
但我在那里负着洋枪！
只要装上了子弹，
便什么凶暴的军阀，
只要给我的描［瞄］准，
立刻就可射杀！
那末，
我就自己被杀，
也有什么恐怖！
也有什么悲伤！
哦！
我纵然见过血淋淋的尸首，
但那是英烈的战死，
又有什么悲哀，
又有什么忧愁。
哦！

我纵然是几日无吃！
我纵然是几日无喝！
但只要是有效的努力，
便把生命去牺牲，
亦有什么可怜。

（十八）

哦！
只是……只是我今朝的饮食，
只仅仅是一朝。
这样的猪食料，
竟是我们日常生活。
肚子一日不饱，
尚可等待明朝；
但明朝还不能吃饱时，
请问，
血肉的身体经得起怎样的消耗！
哦！
只是……只是你饿得快死，
也不能说狱吏们半声不是。
狱吏的雄势如虎，
你要说，
你就是寻死！

（十九）

寻死，
又有什么不愿寻死；

打死，饿死，杀死，
还不都是一个死，
与其活着吃苦，
倒不如爽爽快快的一死！
啊！
但是……
但是我的父母弟妹也快饿死，
但是我的亲爱的朋友也快饿死。
哦！
还有很多最苦的工友，
还有许多更饿的饥农；
我们的主义未成，
我们的改造未竣，
我的死，
又有什么价值？！

（二十）

哦！
只是……只是有苦而不能叫，
只是有痛而没人晓。
只是见仇人来到，
只看见仇人挥着刀；
而我的全身被缚，
丝毫不容动弹。
仇人要让我赴汤就要赴汤，
仇人要我上吊就要上吊！
哦！

到这一个时候！
又有什么样的冰人，
能忍住自己的眼泪，
不往外面掉！掉！
哦，到这一个时候！
又有什么样的残忍，
能塞住自己的喉咙，
不准这样的痛苦狂叫！
不准这样的痛苦狂叫！

注：此诗节选自作者1930年2月写于狱中的长诗《牢骚集》。

饿囚之死

（一）

奴隶们从工场回来，
浑身带着了疲倦的憔悴；
但抬头所看见的，
却只是一口棺材。
棺材又狭又小，
平放在地上，
只有一尺多高。
木板勿到二分厚，
隙缝罅开一寸多。

（二）

奴隶们整齐着列队，

一个个都注视那棺材。
“死人也死的太多了，
难怪他要经济木材！”
“又是什么人的晦气，
要睡着这个东西。”
“听说是胡小狗罢，
他是今朝十点钟死的！”

（三）

“是什么病呀？”
“是水涨病呀！”
“怎样就死了？”
“是挨打死了！”

（四）

记得是在去秋的下午，
我正与个朋友在闲话，
说着些牢里的苦况，
以及种种虐待的生活。
我说：“朋友，吃饭就像吃药，
像这样的粗食，
我们勉强的咽下，
何曾异于寻死！
你看我们的大便，
已全变成黄浓和赤血。
那里还再像，
我们人类的粪尿。”

（五）

朋友说："啊呀！
听说还要吃麦，
为了这样的粗米还嫌太贵。
可是那粟粟或大麦，
真会把我们的肚子刮坏。
我们就这样等死吗？
还是反抗这魔鬼。"

（六）

我们正在谈得起劲，
忽来小狗的一问：
"要吃麦子饭吗？
是那里来的新闻！"
长长的身条不住地摇摆，
瘦小的脸上十二的惨白。
深陷下去的两颗眼珠子，
疑呆着只是惊骇！

（七）

"那还得了呢？
麦有股极臭的怪味，
那是在军阀时代了，
我们曾吃到过的。"
"不一定吃大麦，
或者要吃粟麦，
又说要吃保罗，

不知究竟什么。”
“我什么都曾吃过，
不论粟子麦子和保罗。
但什么也不能再吃了，
那是一条死路！”

（八）

“为了要活才吃东西，
从没有个蠢人，
自愿吃下些危险。”
“麦子的气味难闻，
见了就要呕吐恶心，
保罗虽然香餐，
但须上三十回毛［茅］厕。”
“不吃麦饭就会饿死，
吃着保罗就等泻死！
那时候的囚徒，
只看怎样去死！”

（九）

“那时候进病监的，
非常之多。
但一到了那里，
就无三天可逗留。
只有那粗薄的棺木，
可以随时看见几口。”
“我不知是什么运幸，

能这样的侥幸；
但我已十分害怕了，
有谁不害怕这种极刑！”

（十）

房子不要出房钱，
奴隶不给与工钱，
那经营的资本全是工银的积聚。
天下有那一种实业，
能有这样的优良时机。
奴隶用鞭笞驱使，
从早到晚不许休息；
不问你的生死，
但管他的利息。
但我们时常可以听闻，
那些贪污的狱吏们，
每天每天都在向人说：
营业不振，
只是亏了本！

（十一）

什么人都曾看见，
那新任的狱吏，
只穿些旧裳破衣。
但时今的他们，
翩翩然是个西式少爷。
为时不过二月，

却不知吃了我们多少心血；
你看他们的眼镜和皮靴，
不就是我们的一涓一滴。

（十二）

他们只管欢娱，
棺材里伸手，
死要铜钱。
总以为营业资本，
有许多囚徒可榨取！
资本一天天短少，
一天天减短材料，
营业真个不振，
狱吏们急得双脚乱跳！

（十三）

哦！哦！
一切的罪过，
都可以加诸囚徒。
哦！哦！
一切的灾祸，
都是肇由囚徒。
要维持他们奢靡的用途，
只有加工压迫囚徒。
谁有了怨言，
谁就做个耶苏［稣］！

（十四）

食物不够肚饱，
那有资料燃烧；
勉强着做些工作，
也是时间长而出品少！
狱吏们毫不原谅，
只说出品不良，
只说囚徒偷懒；
却从不准说，
狱吏曾克扣了囚粮！

（十五）

如有声“不饱”的微响，
那便是煽乱捣弹［蛋］；
轻则打打，
重则要你的命来偿！

（十六）

囚徒们因生命的压迫，
勇敢地冒着死活，
才去问问料长，
可否加一些饭食。
囚徒们因生命的压迫，
勇敢地冒着死活，
请求科长，
可否赐一些工给。

（十七）

“滚开，你这不驯的奴隶！
滚开！你这愚蠢的东西！
素常待你们太写［惬］意，
让你们如此淘气。
现在把你们一个个锁住，
尝尝看，
镣铐究竟是什么风味！”
“奴隶，还要不要抗拒，
到底在工场好呢？
还是这冰冷的刑具！”

（十八）

一大群请求的奴隶，
就从此免役！

（十九）

长长的小狗，
为人非常忠厚，
这一次要求工资，
也曾将久闷着的郁气，
随便的出了几口。
出气的报酬，
便是饥饿与忧愁，
我们听那一声声号叹，
便知他怎样痛楚。

（二十）

“我们尽可让大米烧毁，
却不能再过这地狱里的生活！
我们尽可忍一切的灾祸，
却忍不住这经常的削刮！”
每日，两个是小小的饭团子，
颜色是半红半带紫！
那味道有似糠或糟或渣滓！

（二十一）

饿的实在难熬，
只好把裤带紧紧地束好，
若无力束好，
那就把汤水来灌饱。
吃多了污秽的臭水，
睡多了忧闷的中睡，
便是铁质的壮夫，
那有不生起病来！

（二十二）

黑黝黝的病监的监洞，
是条又狭又深的暗弄。
阴沉的暗弄啊！
冰冷的监洞啊！
你真是条吃人的怪虫！
你这铁黑的进口，
正是地狱的入口，

进了你这扇铁门，
莫再想做“活着的痴梦”，
你这无底的幽壑呀！
你的黑暗令人战栗！

（二十三）

医生是个庸俗的“郎中”，
约略拂着些欧风。
架子倒是十足，
医学却一懂也勿懂！
每天是二小时的办公，
按月照常拿薪俸。
你什么疾病死亡，
全勿关他的“郎中”。

（二十四）

阴沉黑暗的病室，
细菌臭物满塞。
新迁入的小狗啊！
呼吸只在加紧着急迫！
急迫急迫急迫！
唏咳唏咳唏咳！
“报告主管先生，
请你通知医生！”

（二十五）

“主管先生，主管先生，

我的病，十分沉重！”
“主管先生，主管先生，
请——请你们，
请你们通知医生！”
“主管先生……”

（二十六）

谁叫！是谁叫！
那一个再喊，
那一个就不得了。
“咳，先生！
慈爱的先生！
可怜我啊！
可怜我有病！”
“咳，先生！
慈爱的先生！
我的病重，
请去通知声医生！”

（二十七）

谁有病，
是谁有病！
我有的是藤条和木棍，
这是最好的灵药，
可以包治一切毛病！
“先生，先生！
病的是我啊！

病的十分难受！”

（二十八）

嚇，什么些个难受，
这里有好受的给你受。
来来来！
来把钥匙开门。

（二十九）

进门的不是那“郎中”，
进来的是个催命的妖虫！

（三十）

嚇了嚇！
你生的什么病！
不叫你喊，
你偏要大声！
来来来！
拿麻绳来帮［绑］起这恶棍！
“先生，先生！
慈爱的先生！
我实在有病，
我不喊别的，
我仅请求医生！”

（三十一）

你这个无赖，

还竟如此狡猾！
这已是什么时候，
医生还那里在家？
你懂不懂规矩，
大声的乱喊乱叫！
“宽恕了我罢，
先生，我病重着呢，先生。”
“痛啊！痛啊！痛啊！
先生！先生！先生！”

（三十二）

藤条竹鞭和木棍，
铁链铁铐和麻绳，
一切都加上了我们这病囚的全身！
肉皮鞭笞成泥烂，
手脚被细麻绳紧扎，
口里塞满了棉花，
气还不能透，
又怎能够呼喊！

（三十三）

全监洞沉寂得像死一样，
只听见一声声的尖响；
哦！
那是肉与木板的交响，
那是皮与铁圈的交响！
哦！

好像亲见他血肉飞溅，
飞溅进我的深藏着的心坎，
好像他那每一条疮伤，
都刺进了、刮断了我的肚肠！

（三十四）

在第二天的清早，
小狗死得像条枯草，
遍身都是伤痕，
深的竟像沟槽。
仅让“忠实”一些的杂役，
来搬运这具尸骸！
只让这几个人知道，
怕的会传遍这消息。

（三十五）

如像一阵暴风，
吹过恬静的沙漠。
如像一阵雷雨，
落下了久旱的大地。
惨杀小狗的消息，
像石块投在河里，
印进了每个囚徒的脑里。
也像那河水的波纹，
鼓起了莫大的悲愤。

（三十六）

全监就像着了火般的气氛，
狱吏们的恐吓与压迫，
只是加添些油料，
只是助火的狂风！
压迫，压迫不住这伟大的同情，
恐吓，恐吓不了坚确的理性；
在坚确的理性上面，
绝不容无赖的狱吏偷生！

（三十七）

狱吏像耗子般地机警，
立刻变换了他的方针，
收买些驯伏［服］的兽人，
来充侦探或走狗。
“去侦探谁个起头，
谁在主张斗争，
谁写的呈诉文，
谁不满意这次的事情！”

（三十八）

你用尽了你软硬的手段，
你总止不住你自己搅成的大乱。
你就有几个侦探，
怎止得住呈文的遥传。

（三十九）

这是几个年青囚徒，
凭借着热血在奋斗，
总相信在法律下面，
一定有正义的道路。
那一张起诉的呈文，
搜集了许多铁一般的确证。
签署好了原告的姓名，
预备好了物证与人证。
准备将这样的惨案，
呈进法院，
来为无辜的死囚伸［申］冤。
准备将这次的惨案，
呈进法院，
请求为未死的囚徒保障安全。

（四十）

站立在法律的场合，
检察官有至高至尚的人格。
看他检验尸骸，
是件多少滑稽的例式。
他拿了雪白的手帕，
站立着，
离开棺木约有十丈的地方。
他拿了手帕先掩住了鼻子，
命令着启开棺木检验死尸。
棺木已开了又闭，

不知他曾见过那尸体未？
检验就此舒齐，
只见他回转了身子就回去。

（四十一）

他的态度十分宁静，
如像算不了什么事情，
毫勿觉着羞耻，
反示着至高的法官的荣辱。
他并不是怕麻烦，
他并不敢来偷懒，
他只为接受了那晃亮动人的银洋。

（四十二）

青年的囚徒，
不知何处是出路，
各级法院的呈诉，
都未予接受。
哦！
那是一点不错，
他们都曾收过，
他们也曾做过，
他们只是调查调查。
调查了几多次数，
却仍是一个“不准起诉！”

（四十三）

青年的囚徒，
只累了满身灾祸，
无情的镣铐，
向他们满身包裹。
哦！
那是一点也不错，
囚徒的饿死，
囚徒的打死，
算得了什么罪过。
罪过的还是囚徒，
“那一个噜苏，
那一个就死！”

（四十四）

所谓尊严的法律，
只是压迫者的工具，
可以保障暴虐的官吏，
不能卫护贫穷的奴隶。
“醒来罢，未死的囚徒；
死去的，已不能回头。
我们要活，
就要坚强地奋斗！”
“醒来罢，未死的囚徒；
死去的，已不能回头。
向屠夫去请求，
只是一条死路。

只有用自己的气力，
才找得着自己的出路！”

注：此诗节选自作者1930年3月14日写于狱中的长诗《牢骚集》。

火

森林里起了星星之火，
山野里起了星星之火，
平原里起了星星之火，
水边上起了星星之火。
火的光渐渐明亮，
星星的火光成为块块的火光，
块块的火光成了大块的火光。

火光大起来了！
狂风急起来了！

狂风急起来了！
火光大起来了！

火光越吹越大！
狂风越吹越急！

火光蔓延了全野，
火光烧着了丛林，
火光满布了平原，

火光沿遍了全水。

水边之火接着了平原之火；
平原之火接着了森林之火；
森林之火接着了山野之火；
山野之火接着了水边之火；
全世界的火光衔接了，
全世界都着了火了。

哦！全世界起了火炎，
不，全世界全是火焰。
红的火光愈加浓厚，
一切灰白的都化成了火焰，
一切封建的都由火焰烧灭。

把粗暴的东西抛向火中烧；
把压迫的建筑抛向火中烧；
把野蛮的行为抛向火中烧；
把原始的遗传抛向火中烧；
把特殊的权威抛向火中烧；
把残酷的体制抛向火中烧；
把因袭的一切抛向火中烧；
把神衣的圣物抛向火中烧；
把不变的铁则抛向火中烧；
把虚假的道德抛向火中烧；
把自私的罪恶抛向火中烧；
把这一切所产生的一切，

都抛向火中烧，
沾染这一切的污物，
都抛向火中烧！
烧！烧！烧！
烧！烧！烧！
一切的废物都需烧，
一切的创造都由烧。
烧！烧！烧！
烧！烧！烧！
废物愈烧得干净，
创造愈来得光明。
烧！烧！烧！
烧！烧！烧！
用全力去烧！
尽全力去烧！

听啊！
在这里听啊！
这里有多少群众在叫喊！
从火炎中喷出的叫喊！
和谐的叫喊！
伟烈的叫喊！
震动了地球的石壳，
传进了紧闭的地狱。

看啊！

在这里看啊！
这里有多少群众在努力！
从火炎中映出的努力！
群众共同的努力！
勇敢的努力！
拼命的努力！
极全生命的力在努力！
创造了如许火焰，
流去了多少鲜血，
这火焰已满布宇宙，
这火焰已充实□□，
这鲜血的光彩，
壮励了全群的努力！

看啊！
在这里看啊！
叫喊的喷气吹大了火焰，
群众的鲜血加火的威力！
声音熔成了焕焕的火光，
赤血帮助了炯炯的火焰。
火光里□着声的美妙，
更□着音的和谐。
火焰里□着血的鲜艳，
也□着腥的刺激。

听啊！
在这里听啊！

火炎展扬了喊声，
火焰加增了血热，
喊声里□有火的壮烈，
更□有火的化力。
血液里含有火的高热，
更混合了火的燃质。

看啊！
在这里看啊！
我们在这里看不见杂质，
我们在这里看不见痕裂；
看不见一切的恶劣，
看不见所有的秽积！
寻不到黑暗的处所，
寻不到冷冻的函谷，
没有勉强的动作，
没有虚伪和拘束。

只看见到处是光明的火焰，
只看见到处是煌耀的光彩。
美丽的宇宙啊！
灿烂的宇宙啊！
我要心醉！
我要疯狂！

听啊！
在这里听啊！

我们在这里听不见哭泣，
我们在这里听不见暴叱！
听不见粗糙的尾声，
听不见怒恼的恶音。
静默了所有的哀鸣，
停止了一切的悲息。
再没有懦弱的唏嘘，
再没有失望的叹气。

只听见整个的喊声，
好像火山爆裂般的雷鸣！
只听见整个的喊声，
分不出是谁的叫鸣！
爽脆的喊声啊！
我要沉醉，
我要疯狂！

注：此诗节选自作者1929年3月12日写于狱中的长诗《人祸》第三部分，题目《火》为编者所加。

梁建新

梁建新（1907—1932），化名邵白，湖南安化人，中共党员。1925年毕业于长沙长郡中学师范科。1926年加入中国共产党。1932年春在南京从事地下革命工作时被捕，同年冬牺牲。

感时拟赠某将军

百万貔貅不战还，
将军拱手送河山。
忍看日落崦嵫后，
胡马纷纷入汉关。

注：1931年9月18日，日本帝国主义制造了九一八事变，出兵侵占我东三省，蒋介石下令“绝对不抵抗”，东北三省大好河山沦入日本侵略者手中。作者对此悲愤至极，作了这首七绝，对蒋介石作了辛辣的讽刺。某将军：这里指蒋介石。

谭寿林

谭寿林（1896—1931），又名谭勉予，广西贵县人，中共党员。1921 年考入北京大学，参加北京大学马克思学说研究会。1922 年加入中国社会主义青年团。1924 年加入中国共产党。1925 年 12 月担任中共梧州地委书记兼梧州《民国日报》社社长。1928 年任中华全国海员总工会秘书长。1931 年任中华全国总工会秘书长。1931 年 4 月在上海恢复工会组织时被捕，解来南京，5 月牺牲。

农民歌

农民吃苦最可怜！
炎天复冷天，
穷愁不计年。
被地主和豪绅，
吃尽血与汗。
尤恨恶政府，
赋税与苛捐。
穷得没饭吃，
破衣没有穿，

备尝剥削，
受尽摧残，
提起心痛酸！
革命已高潮，
抓紧好时机，
同胞快起来，
努力着先鞭。
决牺牲于革命，
心如铁石坚。
革命成功，
大家携手走向安乐园。

注：这首诗与后面三首诗《工人歌》《土地革命山歌》《少年先锋队歌》皆是作者1927年回乡时所写。他在家乡积极宣传土地革命和组织农民协会工作，为了启发工人、农民和学生的革命觉悟，编写了革命歌曲教他们唱。

工人歌

工人吃苦真难当！
自从进工厂，
手劳足又忙，
资本家虐待我，
残酷似虎狼，
工作十二时，
工资又微薄，
上难供父母，

下难养儿郎。
千辛万苦为人作嫁，
谁不心惨伤！

转眼日当午，
革命旗飘扬。
工人们团结起。
奋斗求解放。
有饭大家吃，
有福大家享。
努力去冲锋，
贯彻我主张，
提高工资、缩短工时，
生活要改善。

土地革命山歌

杨柳青青江水平，
四边田野唱歌声；
唱歌不唱风流调，
单唱农民受苦情。

我辈农民种田地，
交租纳税已有余；
官僚地主享大福，
农民生活狗不如。

地主收租吃白米，
官僚勒税吃山珍；
官僚地主真威福，
当我农民不是人。

似虎官僚迫了税，
如狼地主又追租；
终年辛苦无所得，
饥寒交迫向谁呼！

我辈农民想不通，
做牛做马苦做工，
是否生成天注定，
冇吃冇穿这样穷？

种田到老穷到老，
到老更穷更困难；
耕田种地挨饥饿，
地主米粮叠如山。

我明白了明白了！
明白为何这样穷，
就是高租兼重税，
剥削一重又一重。

官僚地主虎狼凶，
欺压工农理不公；

剥得工农只留骨，
看他狗命几时终！

开天辟地田何来？
是我农民辛苦开！
农民辛苦种田地，
地主收租理不该。

千年田地谁是主？
哪个田头立了碑？
只要大家合力打，
铁铸江山打得正。

道理讲来真不差，
铁铸江山打开花！
本应耕者有其田，
因何田在富人家？

个个明白这道理，
大家努力去周旋；
打倒官僚才快乐，
铲除地主才安然。

人人种地有田地，
有饭吃来有衣穿；
若想实现这世界，
大家合力扭转天。

革命成功在眼前，
群众奋斗要争先；
杀头当作风吹帽，
坐监也要闯上天。

如果革命胜利了，
我辈主张得出头；
自己种地自己吃，
谁敢逼税把租收？

大家努力干革命，
革命一定会成功；
到了那时真幸福，
工农来作［做］主人翁！

少年先锋队歌

走上前去啊！
曙光在前。
同志们奋斗，
用我们的刺刀和枪砸开自己的路。
勇敢上前，
稳着脚步，
要高举我们的旗帜，
我们是工人和农民的少年先锋队，
我们是工人和农民的少年先锋队。

冷少农

冷少农（1900—1932），原名冷肇隆，贵州瓮安人，中共党员。1923年毕业于贵州法政专门学校。1925年赴广州参加革命，在黄埔军校政治部工作，期间加入中国共产党，任中共两广区委军事部秘书。1928年先后打入南京国民政府训练总监部、军政部任秘书。1932年3月因潜伏身份暴露在南京被捕，6月牺牲。

我们的将来

我们的将来，
无论遭何打击，
究竟怎样划算？
我们的手段：
干！干！干！

任他四围如何黑暗，
即使无路可走，
我们的精神：
依然愈进愈烈！

不屈不挠！
不变换！

人们究竟怎样划算？
我们只要手段不乱，
精神一贯，
前途虽是茫茫，
自然会有光明的一天。

注：1926年，作者为鼓励被释放的好友梅重光，写下此诗，希望其继续为革命而斗争。

朱务平

朱务平（1898—1932），原名朱焕明，字镜秋，安徽宿县人，中共党员。1923年加入中国共产党。1926年任中共临涣独立支部书记、中共宿县地方执行委员会书记。1928年任中共徐海蚌特委委员兼凤阳县委书记。1930年任中共长淮特委委员。1931年6月任中共长淮特委书记。1932年9月因中共长淮特委遭破坏在蚌埠门台子火车站被捕，解来南京，11月牺牲。

颈上血

军阀手中铁，
工人颈上血，
颈可折，肢可裂，
革命精神永不灭。
劳苦的大众们，
快起来团结！

注：1931年，作者接任长淮特委书记，还创办了特委机关报《红旗报》，他亲自为该报撰写文章并参加报纸的编辑刻印工作，号召长淮地区的劳苦大众与国民党反动派作坚决斗争。该诗就是这一时期发表在《红旗报》上的著名诗篇。

王鳌溪

王鳌溪（1894—1932），四川巴中人。1920年起在成都、重庆从事报社记者和编辑工作。1931年到上海创办《新大陆报》。1932年初因撰文反对蒋介石独裁统治被捕，解来南京，同年秋牺牲。

狱中诗

（一）

一生低首拜中山，大德曰生未可删。
忍看孑遗无死所，岂容贪佞在朝班。
为民喉舌抒民愤，知我春秋罪我奸。
不惜断头争正气，巴人自古有严颜。

（二）

南看吴楚北幽燕，高喊为民解倒悬。
怪道成周革殷命，反输新莽设王田。
节资均地成虚语，行易知难也枉然。
手把国旗垂泪问，中原何处有青天？

（三）

漫云虎踞与龙蟠，大好河山被日蚕。
建业分明图建业，长安未必久长安。
美人犹唱江南好，壮士高歌易水寒。
休到昆仑山上望，西来毒雾日恹恹。

（四）

满眼旗幡似血红，金陵霸业半成空。
六军不发民心背，三省都归贼掌中。
羞作楚囚泣屋下，宁干宋主学陈东。
此心如铁泪如血，付出江南荻与枫。

（五）

何处轮台来汉武，笑他殿槛折朱云。
天王有罪犹明圣，竖子何能致聩君。
芳臭虽为千古事，去从只距寸心分。
匹夫自应兴天下，休道救亡一纸文。

（六）

田父揭竿敢讨秦，发心指使岂他人。
燕台何物招贤士，严棘与谁作佞臣。
无力回天终有继，以身报国但求仁。
夕阳红破胭脂井，花落闲庭又几春。

（七）

男儿志岂在功名，当为苍生鸣不平。
天下必求真有道，文人漫说尽无行。

蛟龙未解风波恶，尘雾何伤日月明。
一任汉军千万众，安能马上服田横。

（八）

国破家亡莫叹哀，王郎拔剑岂徘徊。
愿如冤乌填沧海，耻共龙蛇化劫灰。
秦市纵闻人语绝，胥门终见寇兵来。
谁能防堵东川水，三峡也为浪打开。

注：1932年，作者在上海被捕，解来南京，在狱中与反动派抗争的过程中，作下这组诗。

邓中夏

邓中夏（1894—1933），原名邓康，字仲澥，湖南宜章人。中国共产党创建时期的重要领导人，中国工人运动的杰出领袖，无产阶级革命家、理论家。1917 年考入北京大学。1920 年在北京加入共产党早期组织。1922 年 7 月在党的二大上当选为中央执行委员，会后任中国劳动组合书记部主任。1923 年 8 月在中国社会主义青年团二大上当选为团中央执行委员会委员长。1925 年 5 月任中华全国总工会秘书长兼宣传部长。1927 年 8 月在八七会议上当选为临时中央政治局候补委员。1928 年 3 月赴莫斯科任中华全国总工会驻赤色职工国际代表。1930 年 7 月任中共湘鄂西特委书记、红二军团政治委员。1932 年任全国互济总会主任兼中共党团书记。1933 年 5 月到上海法租界环龙路骏德里 37 号，与互济总会救援部长研究工作时被捕，被关押在法租界巡捕房，因叛徒出卖身份暴露，被引渡到国民党上海市公安局看守所，9 月转押至南京宪兵司令部看守所，同月牺牲。

游艮岩望月

艮岩风景最雅幽，此日登临解千愁。
月明如镜松间照，甘露沾衣花底留。

洁泉净洗赏胸肺，萤火光辉映野畴。
回忆满清帝制毒，何时淘汰旧恨休。

注：此诗来源于 1955 年作者友人张楚给夏明（作者妻子）的信。

游苏仙岭

苏仙胜景甲郴州，百卉芬芳岩岫幽。
仰视碧空红日接，俯观橘井白云留。
青峦磅礴来拱伏，紫气氤氲帐火悠。
为爱清淑老跋涉，何时有暇再同游。

注：此诗来源于 1955 年张楚给夏明的信。

麓山观雪

瑞雪霏霏四海扬，亿兆苍生庆丰粮。
爱晚亭旁枫树白，云麓宫外梅花芳。
滚滚洞庭翻冰浪，巍巍衡山换素装。
可怜奸贼改洪宪，日出霜销转瞬亡。

注：此诗来源于 1955 年张楚给夏明的信。

艮岩一首得鱼字

洞口何年辟，我来岩正初。
悬岸垂细草，浅水足游鱼。

树影清流底，钟声高讼余。
寻山劳履齿，临眺独踌躇。

注：1921年3月，应保定高等师范再三的邀请，作者以中国新文学教授的名义来保定任教。来到学校后，作者一边教授“新文学”，一边把课堂变成了宣传马克思主义的讲堂。此诗来源于作者编写的保定高等师范《新文学讲义》。

登麓高待月

山椒零露泫珠光，结伴登临两袖凉。
山谷梵钟警落木，隔江星火照连樯。
高垣晻暖生虚白，野径依稀认抱黄。
省识青灯书味好，满庭何必月冬霜。

注：此诗来源于作者编写的保定高等师范《新文学讲义》。

九日登岳麓山次蠡屋九日柬白云上人原韵

徒倚山亭万里秋，漫同王粲赋登楼。
风高衡岳迴寒雁，日落长沙杳去舟。
大地红羊悲旧劫，荒岩黄叶怅重游。
偷闲醉把茱萸看，且学卢家号莫愁。

注：此诗来源于作者编写的保定高等师范《新文学讲义》。

七言绝句

（一）

人是伤心愈感秋，况经终日在高楼。
眼中有泪悲铜狄，堂上无波覆芥舟。

（二）

风月抬寻歌士女，雨云翻覆忆交游。
坐看世事成今昔，徒椅危栏动容愁。

注：此诗来源于作者编写的保定高等师范《新文学讲义》。

待　月

麓山高处隐天光，待月何人踏月凉。
灯火万家迷故国，江流一线认危樯。
青磷应有血成碧，白骨终当土化黄。
载酒过从思沃酹，满天风战一林霜。

注：此诗是作者1917年创作，原载《宜章之光》。

雅集索赋

荒山雅集兴何如，况复秋生感慨俱。
星带草堂桐影瘦，江流盘岭雁声疏。
范滂明志曾持辔，温峤求名愧绝裾。
相见时难休错过，清词丽句尽情摅。

注：此诗来源于作者编写的保定高等师范《新文学讲义》。

无　名

秋酿新成忍见招，松风吹汝过长桥。
多情厚贶□春什，和声依声丰忍饶。

注：此诗来源于作者编写的保定高等师范《新文学讲义》。

记梦（一）

三月三日，余梦还乡，不胜欢喜之至，俄而被鸡声惊醒。追想梦境，仿佛在目，爰叙述成诗，以至不忘，诗如下：

著雍敦抹岁，宿月庚寅朏。
有梦到家乡，情景何真似。
登堂拜大母，白发面发炜。
见我哑哑笑，云儿汝归矣。
我老念儿孙，贯望暮山紫，
汝今复归来，我欢良无比。
阿母亦康强，阿兄幸不膄。
欣然为我言，为我道家事，
娓娓未知疲，井井成条理。
阿弟美目扬，捧文请评视。
果然已明通，较前有倍蓰，
不禁大夸张，阿母更欢喜。
谓弟孩提来，总是爱早起。
乡村春水生，农作方开始。

锄畦种稻苗，凿陇莳麻桑。
吾家本不农，亦若有农事。
雇工七八人，亭午遒休止。
余为致盘飧，又为致酒醴。
往来厨下忙，其颡若有泚。
阿母向我言：云儿性未改，
依然如故常，尚不爱架子。
大母莞尔曰：此儿素怪异，
是曾甘艰辛，风雪走千里。
幼弟与幼侄，吾妻负之至。
声声叔也兄，□呕若不已，
争扑余怀中，怒余久匿避。
余欢欲有言，忽为鸡惊骇。
欢聚转孤寂，与坐独嘘唏。

注：此诗是1951年夏明从作者故乡处搜集。

七言律诗一首

天涯地角叹参商，渭树江云梦月梁。
公瑾醇酒容易醉，郇侯肴馔洵难忘。
惟欣燕国文章妙，尤羡曲江风度芳。
何日登堂重晋谒，萱帷蔼蔼庆霞觞。

注：此诗创作于1919年，由作者从北京寄给张楚。

即席留别

腊鼓声声急，衔杯别绪长。
早梅开白雪，孤雁渡寒塘。
送我深潭水，思君落月梁。
一鞭回首望，云树隐苍茫。

注：此诗来源于作者编写的保定高等师范《新文学讲义》。

怀学兄张楚

昔年同学岳麓山，今日分离隔海关。
忽往天涯与地角，或走东北或西南。
丈夫意气尚坚决，创造乾坤有何难。
登高自卑终达巅，毋急毋荒毋盘桓。
神州茫茫多荆棘，仍须消灭极加餐。

注：此诗来源于1955年张楚给夏明的信。

七言绝句四首

（一）

长沙分诀行匆匆，劳燕纷［分］飞各西东，
何日登楼话旧雨，几时促膝挹春风。

（二）

湘江离别忽三载，胡马嘶秋怀故人。

岳麓峰上风月好，一览群星拥北辰。

（三）

金台作客三春秋，回忆章江怀旧游。
弹指艮岩唱和处，数曲清泉韵悠悠。

（四）

忆昔麓山共琢磨，阳春白雪相和歌。
高山流水知音少，不见钟期叹奈何。

注：此诗来源于1955年张楚给夏明的信。

游工人之窟

这原是我一封寄朋友的报告书信，一时遣兴，用了这么一些长短句子，结果就成了一首叙事长诗。因摘其之中一语为题。

今天我还留在这里，
拉杂写了这么一封信，
寄给我所欲见而得未见的汇州。

北京城里同时发生了两件奇事！
就是太阳起来了，
我也起来了。
太阳起来，
做他大公无私地普照熏育的工作。
我呢？

偕友游工人之窟。

刚发正阳门，
忽过芦［卢］沟桥。
和我同时努力的朝曦，
装点成许多异样的奇景，
仿佛给游人安排着。

荒城，
野渡，
远山，
近村，
袅娜的炊烟，
深蔚的朝岚，
包容在太阳的怀中，
收罗在我的眼底。

好呀，
曾几何时，
劳动学校有这么可喜的成绩。
“作始也简，
将军也钜。”
我终信唯人力为伟大。

看啊，
世界不是劳动的艺术品吗？
没有劳动，

就没有世界。
海之外已奔腾澎湃起来了！
海之内呢？
诚实的辛苦的工人们！

由张君的引导，
得孙君的介绍，
参观工人经营之女学。
可是礼教习俗的铁索，
还稳套她们嫩白的颈上。

街南之尽头，
云□是永定河支流，
平沙黏树，
鹭鸶群飞。
猛忆及我可爱的汇州，
不是几次招我来打围吗？
今日却令我孤零零在这里，
望清碧的潆波，
听激越的流水。

午饭以后，
参观工人医院。
石大夫见我惊讶道：
“噫……先生，何爱于新长的疙瘩！
你愿割去吗？
我可执其劳。”

我答道：
“你割吧！你割吧！
这么阻碍自由的东西，
谁爱它来？”

太阳落了，
安息了，
它何曾安息呢？
他在那半球起来哟！
那半球或亦同时发生两件奇事。

丁昌润，
赵盛宗，
吴敏珂，
张淳和我，
坐灯光底下，
作扪虱之谈。
“人生”
“社会”
“阶级斗争”
“世界共产”
都是我们的话料。
讵奈勤勤恳恳的邻鸡，
一声声催我们睡去。

注：此诗来源于作者编写的保定高等师范《新文学讲义》。

西山读书杂诗

一

久别了，
西山！
你去冬大雪给我碰头时，
不是垂披着白袷衫儿吗？
今日到反换穿着黝深的红袄儿，
这么长夏溽暑，
不怕热坏了你娇弱的身子吗？

二

我几次来看你，
你总该记得我罢？
从前我来看你，
全出于游戏冲动；
今日可不同了，
想借着你婉娈温柔的深情，
帮助我做一些普渡［度］众生的勾当哟！

三

哦！
夕阳躲在山背后去了，
我们登着碧云寺后塔一望：
见那长堤排柳间躺着半张明镜，
不是昆明湖的湖水吗？
见那浓岚翠霭里插着两股金叉，

不是玉泉山的塔影吗？
哦！
一会儿都被暮烟吞灭下去了，
不见了。

四

隐隐约约的山前道上，
一阵阵比蚂蚁还小的黑影散去了，
那是游人勾归去呀！
哦！尘头起处，
飘忽若失，
转眼就不见了。
哦！那是阔老［佬］抖汽归去呀！

五

亮晶晶的月儿，
又早在绿树间透过进了，
你莫不是想窥探这一院的秘密吗？
哦！这一院的秘密多着哟！
打麻雀的闺女，
唱曲儿的少妇，
敲木鱼的冷僧，
吟酸酸诗的仁静和我，
都分隐藏在这一院绿树的底下哟！
月儿！
你窥见了吗？
你还有些恼吗？

六

在这绿树的底下，
深深款款地还我读书。
那别院的几个俏皮女郎，
一会来看缠迎柏树探首上出的凌霄花儿；
一会来看碧缸清水里储养的金鱼儿；
一会来提抱她们相识的小孩儿；
回环往复走过我们的桌边，
香风一阵阵地道入我们的鼻孔里；
此时我们有点醉意了，
也没有心思读书了。

七

哦！山外是怎样个情形呀？
你尚有你应该作的事呀！
你可不利用你的道心降服你的魔心吗？
哦！好了！
魔心降服了！
四大皆空。
我们请来了《火神马克思》来了！
一心专注在他的身上！
哦！好了！

八

寺左琅琅的泉声，
寺后呼呼的松声，
寺内当当的钟声，

枝头叽叽贾贾的鸟声：
哦！好一对付天乐呀！

九

什么文学，
什么宗教，
什么经济与思想，
什么新村与社会改造，
都是我们黄昏之时和周先生谈话的资料呀！
他在此养病快好了，
他的寂寞也许被我们冲破的多了，
他在空谷闻足音也许有些色然喜了。

十

深壑口上的荒村里，
路旁绿树下坐着一个缝妇，
颦蹙若有所思。
我们经过她的身边，
她几次抬起头来望，
接着又低下去了，
她仍然颦蹙若有所思。

十一

卧佛寺的门前，
有三五成群风姿招展的女学生，
说是青年会在此开女子夏令会呀。
哦！她们占据此地了，

寺后的景色不许我们去窥探了。
哦！这是什么一回事呀？
难道基督教也被中国礼教征服了哟！

十二

一枕梦回了，
天发亮了，
哦！空阶叶发出些自然的音乐来了，
敢莫是一丝丝的雨声吗？
起来！起来！
看那桐叶低垂了些，
松子也落下了些，
凌霄花染得鲜艳了些。
更有那娇滴滴的小鸟歌声！
在深叶底与雨声唱和着哩。

十三

床头张着一副[幅]“与石居无量寿”的图画儿，
每日醒来就望着她。
好个笑尽世间痴儿女的瞑和尚，
连冷眼儿懒得一张呢。
哦！
是啊！
你尽有你的人生，
你为什么又带着一个不作[做]工的侍童呢？

十四

雨霁了，
三面的山头都被云封了，
剩露着半截刚出浴的山体，
不知道比当日太真如何呀！
哦！
那丛林中袅袅一般白烟起来了，
冒出林际却被微微的风吹折了，
轻轻地散了。
叶上的残雨，
还断断续续地流不住哩！

十五

雨霁了，
我可走了，
杨［扬］子的江色，
西湖、洞庭湖的湖色，
庐山、衡山的山色，
和那巴东三峡的峡色，
都在那儿等呢。
西山，
我们下次再见罢！
我们下次见时，
你又该换穿着什么服色呢？

注：此诗是作者1921年6月24日创作，原载《晨报》1921年6月26，6月27日，6月28日。

疑　问

觉悟的门前，
便是刀山剑林。
兄弟姐妹们啊！
我们开门呢？
不开门呢？

刀山剑林的那头，
便是我们朝夕希冀的地带，
光明和愉悦的地带。
兄弟姐妹们啊！
我们去呢？
不去呢？

注：此诗来源于作者编写的保定高等师范《新文学讲义》。

记梦（二）

一只金睛猛兽，
一只黄毛狞狮，
张牙舞爪地，
显出吓人的样子。
我有几个穷苦的小表弟，
击拽着，
东村跑到西村，
南街走过北街，

玩他们的把戏，
度他们的生活。

他们觉得我有什么长技，
在把戏场中替他们生色，
希望我加入。
牵着猛虎，
带着狞狮，
紧紧地追我。
“呵呀！
猛虎和狞狮不是最会吃人的东西吗？
我不提防着不要被他们吃去吗？”
我越发快了。
他们仍牵着猛虎，
带着狮子，
紧紧地追我。

追急了！
我可醒了，
揩揩睛，
思想着，
又不胜其惭愧，
悲哀，
因我只有避免战斗的精神。

注：此诗来源于作者编写的保定高等师范《新文学讲义》。

过洞庭

莽莽洞庭湖，五日两飞渡。
雪浪拍长空，阴森疑鬼怒。
问今为何世？豺虎满道路。
禽狝残除之，我行适我素。

莽莽洞庭湖，五日两飞渡。
秋水含落晖，彩霞如赤炷。
问将为何世？共产均贫富。
惨淡经营之，我行适我素。

注：1921 年前后，作者为革命工作奔走于长沙、汉口之间，曾于数日内两渡洞庭湖，故作此诗。

血和铁

军阀手中铁，
工人颈上血，
颈可折，
肢可裂，
奋斗精神不熄灭，
劳动的工友呐！
快！
起来！
团结！

胜　利

那有斩不除的荆棘？
那有打不死的豺虎？
那有推不翻的山岳？
你只须奋斗着！
猛勇的奋斗着：持续着！
永远的持续着。
胜利就是你的了！
胜利就是你的了！

注：此诗是作者1923年11月3日创作，原载《中国青年》第3期。

悼　歌

第一叠

情切切！
惨凄凄！
尼古拉列宁真死矣！
晴天打下一霹雳。
从前听了还狐疑，
此次谁知成事实。
事功未竟，
何以死为？

第二叠

情切切！

惨凄凄！
社会分成两阶级，
资本惯把劳工欺。
列宁告我结团体，
捶破强权如捶泥。
杀将上去！
何以惧为？

第三叠

情切切！
惨凄凄！
帝国主义日横恣，
弱小民族被压欺。
列宁告我联合战，
西方起了土耳其。
及时努力！
何以迟为？

第四叠

情切切！
惨凄凄！
列宁是我太老师，
列宁死后我何依？
想到前途悲复悲，
教我怎不泪如丝。
大盗不除，
何以生为？

第五叠

情切切！
惨凄凄！
列宁死的是身躯，
精神不灭万古垂。
我们只须奋斗去，
胜利终是我们的。
前途无限！
何以悲为？

注：此诗是作者1924年3月15日创作，原载《中国青年》第3期。

启汉出狱，喜极而泣，诗以志之

一

阴森黑暗的狱囚，
冰冷沉重的镣铐，
粗沙巨细的牢饭，
哦哦！我们的战士！
苦了你了！
屈指算来，
已是两年四个月了，
你的神彩［采］似乎比从前还光辉了些。
但是，你乱蓬蓬的发呢？
你短鬑鬑的须呢？
呵！出狱时剃去了。
但是，解开你的衣襟，

笞疤减去了没有？
脱下你的足袜，
镣痕销去了没有？
呵！斑斑犹存。
我涔涔的泪流了。

二

你莫往下细问吧！
浦东之破灭，
开滦之败北，
京汉之流血，
都不过是几页的伤心史呀。
保定狱里的伙伴，
洛阳狱里的伙伴，
北京狱里的伙伴，
天津狱里的伙伴，
都不减于你今日以前的痛苦呀！
哦哦！我们的战士！
你莫再往下细问吧。
我涔涔的泪流了。

三

你出来了，
你我的责任更重大了。
你看——猛虎一样的军阀呀！
巨蟒一样的帝国主义呀！
毒蝎一样的资本家呀！

他们联合着——而且紧密的联合着，
长蛇般向我们进攻了；
铁桶般向我们重围了；
盘［磐］石般向我们压榨了。
哦哦！我们的战士！
准备的迎战！
准备的厮杀！

注：此诗是作者1924年10月13日创作，原载《中国工人》第2期。

送李启汉赴□□

去罢！战士呀！
我们是为群众而入牢狱的。
我们从牢狱出来，
我们仍回群众间去。
战士呀！去罢！

注：此诗是作者1924年10月14日创作，原载《中国工人》第2期。

孤鸾曲

一

青梅竹马遥相忆，
豆蔻年华才十四，

十五未谙儿女情，
十六初解相思字。
生逢强盗移国时，
儿女醉心救国事，
此时无情似有情，
两心脉脉如牵系，
忆郎身被创［疮］痍归，
软抱徐抚柔声泣。

二

国难方殷家难起，
母盼抱孙强郎娶。
闻得新人美如玉，
金装闺房衣罗绮。
十日新婚郎逃去，
暗里心事默相许。
郎纵无言侬应知，
不自由时毋宁死！

三

京华三月杏花稀，
农场败絮傍堤飞，
荷叶如钱菱如织，
残红随蝶上春衣。
郎从波底窥鬓影，
偎卧青莎喁语微，
阿郎执手问相爱，

心情暗许不相违。
从此西直门外月，
夜夜双双影送归。

四

旖旎风光不胜过，
阮郎途穷叹奈何！
忽执侬手言将去，
此去江南离恨多。
且抚瑶瑟送君行，
掩仰断续不胜情：
惆帐［怅］明朝邮亭路，
碧海东西两浮萍。
安得天涯成鹣鲽，
莫使空闺怨畸零。

五

前年忽得春申书，
读罢吞声泪暗弹。
江南虽有好湖山，
烟霞宜看不宜餐。
囊空原宪情未艾，
身嫁黔娄愿已阑。
此时阿母频相劝：
阿郎像似长贫贱，
春花秋月莫等闲，
朱门绣幰实堪羡。

六

忽然青鸟海上来，
天使青鸟作良媒。
周朗浊世佳公子，
娇小相识无嫌猜，
瑶函金笺锦字书，
写尽愿同尘与埃。
阿母相逼女伴助，
欲从不从由母去，
茑萝相托隔重洋，
从此鹊巢鸠占据。
侬知郎情坚如石，
朗莫怨侬轻若絮。

七

闻道人言郎蕉悴，
寄书秣陵意歔欷。
劝郎切莫饮醇酒，
醇酒乱性伤心胃；
欲劝郎莫饮醇酒，
郎非醇酒无安慰。
此是柔肠千转言，
此意缠绵君知未？

八

去年得郎辽东书，

读罢心肠都断绝。
望侬莫作镜中花，
望侬莫作波底月，
镜中花影疑非真，
波摇影乱月残缺。
和泪复上阿郎书，
侬已罗敷再有夫？
阿母深愿侬未愿，
侬纵未愿欲何如？
侬知郎知即肠断，
侬肠断处郎知乎？

九

恨紫愁红落花天，
烟湿柳暗西楼月，
阿郎久客忽云归，
归来责侬情中绝。
凤低蝉垂恨奈何，
新人情似故人多？
波损蛾弯羞不起，
郎泪如霰湿香罗。
儿身不是杨花蕊，
飞去沾泥复沾水？
儿身不能化为双，
半伴阿郎半周郎？

十

郎道爱情已灰飞，
扶篱披柳踏月归，
临行吻我颊如炽，
握手掩袖泪长挥。
侬愿天下痴儿女，
相爱且莫轻相许，
轻相许时轻相违，
孤鸾失侣鸣何悲！

注：此诗是由石大城同志收藏。1928年石大城同志在中央组织局做文书科长工作，在清理过去的文件时，见到作者的一本旧诗稿，因喜爱《孤鸾曲》，便将这几页撕下来，聊备吟哦。中华人民共和国成立后，他在四川丰都县历任副县长、政协副主席，与世长辞前夕，写下了《关于邓中夏同志遗诗孤鸾曲》的一段说明。

见照小诗一首

亦甚玲珑亦妩媚，翩翩浊世佳公子。
阿妹能如乃兄妍，管叫有人想欲死。

注：1925年5月，全国第二次劳动大会召开，上海代表刘贯之带来他妹妹的一张照片，作者看过后说：“我来赠四句诗吧！”于是创作此诗。

新诗人的棒喝

我们不反对新诗，我们并不反对人们要做新诗人，我们反对的是这种不研究正经学问，不注意社会问题，而专门做新诗的风气。如果这种风气延长下去，将来中国青年界要演成一个什么样，是我们此时所不忍预言的了。所以我在此垂泪涕泣的叫喊道：

青年们！醒来哟，
谁在你们的四围，
虎视鹰瞵的，
磨牙吮血的？
你们是处在一种什么环境？
你们是负了一种什么责任？
春花般的青年们哟！
朝暾般的青年们哟！
烈火般的青年们哟！
新中国的改造只仗你们了，
却不是仗你们几首新诗。
青年们醒来哟！

注：1923年，作者看到当时一些新诗人信奉“为艺术而艺术”的信条。这些现象虽不是文艺创作的主流，但也的确存在，作者作为一个坚定的马克思主义者，对文艺界这种不健康的倾向甚为不满，于是创作此诗。

黄　励

黄励（1905—1933），女，化名张秀兰，湖南益阳人，中共党员。1925年加入中国共产党，同年10月赴莫斯科中山大学学习。1928年随瞿秋白到柏林出席世界反帝大同盟会议。1929年到海参崴参加太平洋地区职工代表会议，并留会议书记处工作。1931年秋回国，任中国革命互济会主任兼党团书记。1932年冬任中共江苏省委组织部长。1933年4月在上海营救被捕同志时被捕，解来南京，7月牺牲。

工人苦

北风呼呼声怒嚎，
手提饭篮往外跑，
望一望工厂未到，
哎哟，哎哟！
望一望工厂未到。

马路跑过两三条，
两只脚腿都酸了，

去迟了厂门关了，
哎哟，哎哟！
今天工钱罚掉了。

注：1931 年，作者担任中国革命互济会主任兼党团书记期间，同时在沪西区做工运工作。为了启发女工的觉悟，她编写了这首歌谣，教女工们唱。

杨振铎

杨振铎（1905—1933），字警轩，化名杨金铎，山西芮城人，中共党员。1925年加入中国共产党。1926年入上海大学学习。1927年3月参加上海工人第三次武装起义，历任上海大学共青团支部书记、共青团江苏省委书记、上海沪中区行委书记等职。1930年4月在上海主持召开沪中区行委会议时被捕，解来南京，1933年4月牺牲。

狱中诗

十年寒窗易铁窗，
年争日斗履冰霜。
监牢饮马长江水，
禁遏英雄逞豪光。

注：1930年，作者在上海不幸被捕，被判9年零11个月，在上海漕河泾监狱执行，后被押至南京宪兵司令部。在狱中，他留下此诗。

张　炽

张炽（1898—1933），字子昌，云南路南（石林）人，中共党员。1924年考入北京民国大学，同年加入中国共产党，任中共民国大学支部书记、北京地委西区委员。1926年5月作为中共北方区委特派员前往大连巡视，担任中共大连地委宣传部长。1927年3月任中共云南特别委员会委员，8月参加南昌起义。1929年调中共中央机关做巡视工作。1930年7月在上海组织发动法租界电车工人罢工斗争时被捕，解来南京，1933年4月牺牲。

努力奋斗

同胞们！
敌人投奔来了！
我们的同胞死者遍地！
血流成河！
伤者无数！
敌人快杀到我们来了！
快起来抵抗呀！
奋斗！努力奋斗！

同胞们！
我们不抵抗，就免不了被他们杀死，
我们抵抗而胜，固然得了生路，
抵抗而败，
也有无上光荣。
快起来呀！
奋斗！努力奋斗！

同胞们！
我们有热血，有赤心，有牺牲的精神……
这就是我们无上的武器！
怕他干吗？
奋斗！努力奋斗！

同胞们！
美利坚以往的英烈啊！
法兰西以往的英烈啊！
爱尔兰以往的英烈啊！
土耳其以往的英烈啊！
苏维埃以往的英烈啊！
他们留给我们的教训是“努力奋斗与牺牲”。
我们的胜利也只在最后的努力奋斗与牺牲。
奋斗！努力奋斗！

注：1925年10月，《革新》杂志创刊，作者在《革新》杂志上发表了这篇诗。

自勉诗一首

努力琢磨坚志气，
禁中切莫妄蹉跎。

题石林诗三首

（一）

万亿石针万亿门，迷离惝恍欲消魂。
数声玉笛响云外，惊却龙蛇坠却猿。

（二）

重重千屏障，叠叠万峰临。
道绕花冈畔，风吹游客襟。
小池几垂钓，短笛数声音。
觅得前人迹，挥毫闻蝉吟。

（三）

呀！是桃花源哪！
呀！是鱼腹浦哪！
几人能觅入？
几人能觅出？

注：作者在云南从事革命活动时，曾途经石林美景之地，他在石林“极狭通人”处的入口左壁上，挥毫直书三诗。

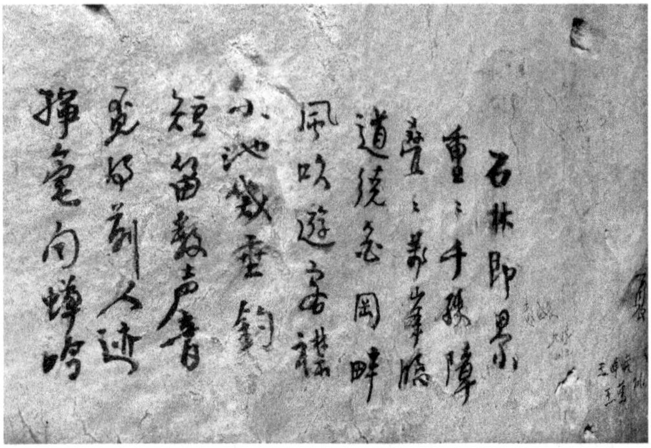

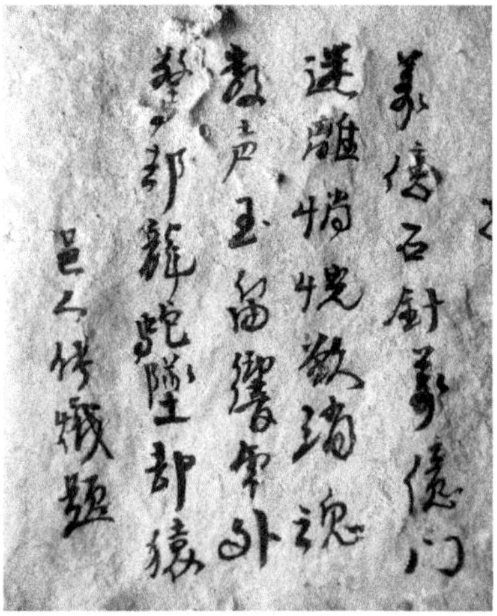

张炽题石林诗三首

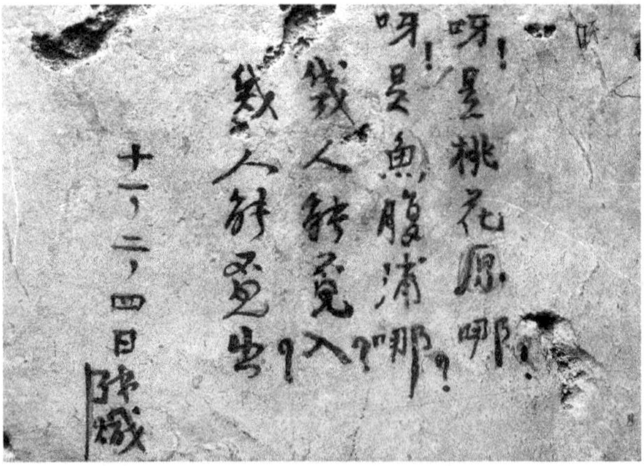

洪灵菲

洪灵菲（1902—1934），原名洪伦修，广东潮安人，中共党员。1922年考入广东高等师范学校。1926年加入中国共产党，在广州国民党中央海外部工作。1927年四一二反革命政变后被通缉，流亡东南亚一带从事革命活动和文学创作，后回国，在中共闸北区委工作。1930年3月在上海与鲁迅等组织中国左翼作家联盟，任常委。1931年秋任上海反帝大同盟中共党团书记。1933年春任中共中央驻北方代表秘书长，同年7月在北平参与恢复中共中央北方局工作时被捕，解来南京，1934年牺牲。

婚照题诗

在革命的战线上，
我们都是头一列的好战士！
在生命的途程中，
我们都是不断的创造者！
让我们永远地团结着吧！
永远地前进着吧！
牺牲着我们的生命，
去为人类寻求着永远的光明！

注：作者和妻子秦静相识于1926年，翌年3月2日结婚。作者在新婚的合影照上题了此诗。

七 律

故国乱离三万里，东风吹恨一千年。
鱼龙呼吸江初静，花鸟歔欷月正圆。
莫傍山河忧社稷，好从陆地作神仙。
江郇寒食最萧瑟，倚杖柴门听暮蝉。

注：此诗是作者献给妻子秦静的。

白菊花

傲骨千年犹未消，篱边照影太寥寥。
生涯欲共雪霜淡，意气从来秋士骄。
如此夜深立皎魄，更无人处着冰绡。
绝怜风度足千古，不向人间学折腰。

风 雨

风雨满城类旷世，病深每人酒家眠。
春光已尽垂杨外，古国犹存风月边。
幸有慷慨及少壮，愁无意气剧中年。
何当歌哭燕市上，独对漾漾万古天。

注：1926年6月，作者在《国立广东大学潮州学生会年刊》第二期，发表了《白菊花》《风雨》等旧体诗。

汪裕先

汪裕先（1908—1934），化名陈石卿，上海南汇人，中共党员。1926年初加入中国共产党。1927年8月任中共南汇县周浦区委书记、南汇县委书记。1928年任中共川沙县委书记。1929年任中共淞浦特委委员。1930年4月赴太湖组织农民武装，在返回苏州途中被捕，解来南京，1934年5月牺牲。

给妻女的诗

遥寄芳容慰寂岑，黛眉双锁意沉沉。
虽然相对无言语，已解卿卿一片心。

娇娃生小不知愁，头角轩昂意态悠。
只恨阿爷身在狱，数春未把饼钱留。

注：1930年，作者被囚禁在国民党南京中央军人监狱，妻子戴桂芳来南京探监，将她与女儿的合影照送给作者。随后，作者在照片背后题了这两首诗，送给妻子、女儿。

新正忆母

故乡遥在白云迹！未晓慈颜可似前？
每忆髫龄垂训语，更令游子泪如涟！
几回受难亲怀急，一旦遭囚母体煎！
但愿高堂常乐健！休将儿事挂心田。

新正忆叔

严亲见背在童时，一切多蒙叔护持！
训育常存马援诫，分羹何让谢安慈。
自惭椹质虽经斧，依旧萍身不变芝！
只是深恩皆未报！负心两字我何辞！

自感实事四首并呈吾姊

（一）

髫龄严父忽离尘！慈母伤怀病缠身。
赖有辛勤吾姊在，护持弟妹慰萱亲！

（二）

当年吾姊辞家日，正弟为徒歇浦时。
从此连枝分两处！更无机会问疑词！

（三）

半截湧河作系魂！数蒙探慰到监门。
可怜相见无言语，双颊徒然增泪痕。

（四）

弟今已失自由身，慈母家中少侍人！
尚望姊心分一半，半归俗事半归亲！

忆五妹

寒砧声起客心惊，寂寞囚窗忆旧盟，
残月已添分别绪，孤灯更引伤离情，
魂随灵雁飞千塞，身共呆鸦泊一京！
最是难堪风雨夜，梦回醒后索芳卿！

注：1932年，作者在狱中写给姐姐的信中，附有《新正忆母》《新正忆叔》等四首诗，借此问候家中亲人。

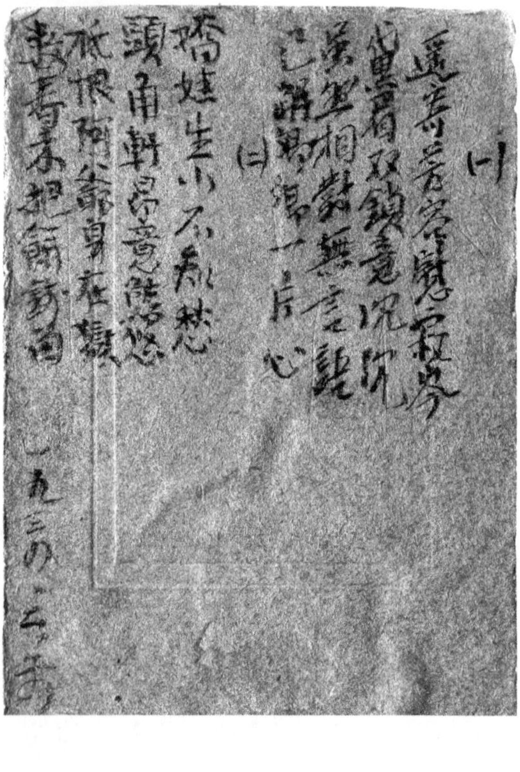

汪裕先在狱中时，看到其妻特意送的母女合影照，感慨万千，在照片背后题写的两首诗。

顾　衡

顾衡（1909—1934），化名翟大来，江苏无锡人，中共党员。1927年考入第四中山大学（1928年5月改称中央大学）。1929年冬赴北京参加革命工作。1930年加入中国共产党。1931年任中共安徽省太和县委书记。1933年6月任中共南京市特别支部书记。1934年初任中共南京市委负责人。同年8月因中共南京党组织遭破坏后，在中央大学附近的秘密住所被捕，12月牺牲。

农夫一生最辛苦

农夫一生最辛苦，
不论寒热天，
锄苗田野间，
没饭吃，
没衣穿，
年年受熬煎。
既然收成好，
送给地主餐。
受尽苦中苦，

享福难上难。
看他挨打，
忍饥受冻，
令人心痛酸。
革命赴东西，
世界血染红。
农夫们，
醒，醒，醒！
携手齐斗争，
推翻大地主，
铲除资本营。
托洛斯［茨］基者，
妖言来惑众，
贪官污吏，恶狠狠，
土豪劣绅，齐杀干净。

注：1931 年，作者到安徽省太和县工作，为了启发农民的觉悟，作者写了这首诗，用“苏武牧羊”调子教农民们唱。

均粮词

天明就把穷人找，
天下的穷人都找到，
有钱的都要打倒。

先把土地平均了，
然后再把房子平均掉，

反动派一起杀了。

注：1931年，作者组织农民进行均粮斗争，并填写的《均粮词》。

柳志杰

柳志杰（1902—1934），字展筹，化名之叶，安徽潜山人，中共党员。1927年春考入黄埔军校长沙分校步兵科，同年加入中国共产党。1930年任潜山县革命委员会军事委员兼军事训练班主任、红军独立师第二团团长。1933年任抗日同盟军吉鸿昌部秘书、参谋长。1934年因潜山共产党人案在南昌被捕，后解来南京，同年牺牲。

一九二四年赴武昌留别友人

临行万里莫咨嗟，
小别千年一刹那，
看剑雄心凭试水，
凌云大笔欲腾蛇；
人心险恶官为虎，
世局颠危血作花，
倘得风云神际会，
定将只手挽邦家。

注：1924年，作者考入武昌法政学校攻读法律政治。当时国内

军阀混战，国外敌寇不断入侵，作者此诗抨击了黑暗的旧社会。

寄友人

绸缪曾忆睡花荫，
起视朝曦露正浓。
寄语东君好调护，
明春又是一山红。

注：1930年，作者参加潜山暴动。暴动失败后，他曾与储文朗、陈九等三人露宿山林杜鹃丛下。同年秋，作者居住南京，回忆前事，写成此诗以寄储文朗。

狱中诗

父兮空生我，母兮空鞠我，
辜负罔报恩，此生一无所。
愿将寸草心，化作光明火，
长照可怜人，渡此汹涛舸。

注：此诗是作者牺牲前写下的绝笔诗。

李得钊

李得钊（1905—1936），又名林子明，浙江永嘉人，中共党员。1924年加入中国社会主义青年团。1925年转为中共党员，被派往莫斯科东方大学学习。1927年2月回国，受共产国际和中共中央的委派在广州、武汉、南昌等地为东方大学招收学员。1928年在团中央工作，编辑《红旗》杂志。1930年调中共中央特科秘书处工作。1933年在中共中央特科总务部、上海中央局工作。1934年6月因中共上海中央局机关遭破坏被捕，解来南京，1936年牺牲于狱中。

灯　蛾

灯蛾扑火似无成，是是非非评不清，
我说灯蛾死可贵，粉身碎骨向光明。

萤火虫

莫道流萤小小虫，抗暴大胆称英雄，
风风雨雨无所惧，长此发光黑暗中。

注：作者在校读书期间，对旧中国处于水深火热之中，感受很深，为此写下了《灯蛾》《萤火虫》两诗。

烦 闷

烦闷是一把利刃，
恶狠狠地刺着我的心；
我的心刺破了，
便涌出滚滚的泪涛。

烦闷是一根铁索，
怪痛苦的把我的灵魂儿束缚；
灵魂儿束缚得无可奈何了，
只呜呜咽咽地在那里哀号。

利刃哟！铁索呀！
几时我得了能力，
定要把你们捉住，
然后一齐投在洪炉里，
铸成座小小的生命胜利的纪念塔。

注：1934 年 6 月，作者在上海被捕。此诗为作者在狱中所作。

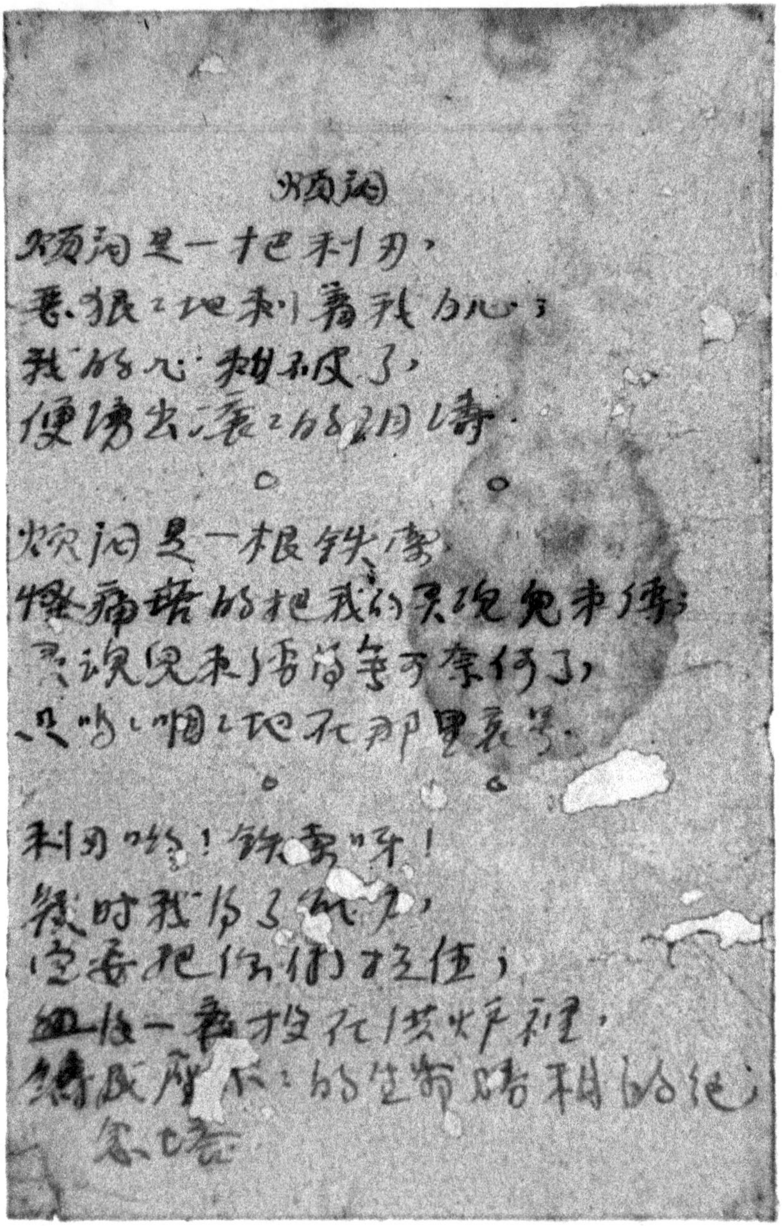
烦闷

烦闷是一把利刃，
恶狠狠地刺着我的心；
我的心刺破了，
便淌出滚滚的鲜血。

烦闷是一根铁索，
紧紧地把我的灵魂儿束缚；
灵魂儿束缚着无可奈何了，
只呜呜咽咽地在那里哀号。

利刃哟！铁索呀！
几时我有了气力，
定要把你们握住；
一齐投在洪炉里，
铸成磨不了的生命路程的纪念塔。

李得钊《烦闷》

陈仲亭

陈仲亭（1910—1936），安徽秋浦（今属东至）人，中共党员。1927年加入中国共产主义青年团，任团秋浦县特别支部书记。1930年9月转为中共党员。1934年在上海从事地下工作。1935年受组织派遣到南京铁路局工作，在下关火车站被捕，1936年4月牺牲。

歌　谣

青的山，
绿的水，
灿烂的山河；
美的衣，
鲜的食，
玲珑的楼阁。
谁的功？
谁的力？
劳动的结果。
全世界工农联合起来啊！

穿烂衫，

住茅屋，
吃的烂蕃［番］薯；
工农们，
真辛苦，
军阀要拉佚［夫］。
劣绅压，
土豪欺，
贪官污吏抢。
全世界工农联合起来啊！

注：这是作者曾经教农民唱的一首歌谣。

狱中诗

不堪回首皖江滨，饮马垢中囚羁身。
以致此驱经险道，莫教遗志柒污尘。
人逢佳节思乡切，我自孤樽酌酒巡。
云雨无情隐夜月，良宵空帐万千人。

注：1935 年，作者在南京下关火车站被捕。此诗为作者在狱中所作。

袁国平

袁国平（1906—1941），又名袁裕，湖南宝庆（今属邵东）人，中共党员。1925年10月考入黄埔军校第四期政治科，12月加入中国共产党。1926年7月任国民革命军左翼宣传队第四队队长，参加北伐战争。1927年参加南昌起义和广州起义。1930年任红三军团政治部主任兼红八军政治委员，后任红一方面军政治部副主任、代主任，红军总政治部副主任。1934年1月任中华苏维埃共和国中央执行委员会委员，10月参加长征。1935年任中国工农红军学校政委。1938年3月任新四军政治部主任。1941年1月在皖南事变中牺牲。

《登佘湖山》七绝二首

（一）

万山围绕乱如麻，何处登临望眼赊；
堪羡高峰能独立，巍然不被晚云遮。

（二）

山势高撑可摘星，游人来去不曾停；
高瞻远瞩谁知我？将谓来庵听佛经。

注：此诗为作者小学时期在邵阳城外邵水河畔佘湖山所作。

和毛泽东《七律·长征》

万里长征有何难？中原百战也等闲。
驰骋潇湘翻浊浪，纵横云贵等弹丸。
金沙大渡征云暖，草地雪山杀气寒。
最喜腊子口外月，夜辞茫荒笑开颜。

注：此诗为作者1935年10月在长征途中所作。

赠邱一涵诗

（一）

十年征尘感系多，问君何事费蹉跎？
愿将头颅抛原野，不随池流逐浊波。

（二）

不是甜的蜜，不是香的花。
好比茅台酒，淳芳与日加。

注：1940年，作者和妻子邱一涵被新四军军部评为模范夫妻后，于皖南新四军政治部驻地汤村家中，将此诗亲笔写于信封上。

无　题

十载辛酸斗兵戎，愧我吴下旧阿蒙。

半壁河山沉血海，满地干戈抖沙虫。
北伐长征人犹在，千伤万死鬼也雄。
弹丸挣扎鱼龙变，地覆天翻见大同。

注：此诗是作者1937年于甘肃庆阳写在骑马照片后面寄给其母亲刘冬秀，1939年又将此诗随信寄给其侄袁振鹏。

无　题

（一）

三年同学十年仇，百战纠缠一战休。
差幸干戈化玉帛，愿从风雨济同舟。

（二）

逐鹿中原为国是，十年征战听人评。
相逢休话阋墙事，莫使神州大陆沉。

注：此诗为作者1937年于甘肃庆阳所作。

别了，三年的皖南

前进号响了，大家准备好。
子弹要随时准备上膛，
刺刀要随时准备出鞘。
别了！三年的皖南，
目标，向敌后抗战的大道。
顽固派滚开，投降派打倒，

日本鬼子碰到了，打完了子弹拼刺刀。
不怕山又高，不怕路又遥；
山高没有雪山高，路遥不比长征遥。
敌后进军胜利了，自由的中国在明朝。

注：此诗为作者于皖南事变前夕所作。

吕惠生

吕惠生（1903—1945），又名惟僩，安徽无为人，中共党员。1922年考入北京农业大学，毕业后从事教育工作。1939年任《无为日报》社长兼主编。1940年任仪征县抗日民主政府县长。1941年5月任无为县抗日民主政府县长。1942年加入中国共产党，任皖中行政公署主任。1943年10月任皖中人民抗日自卫军司令员。1945年9月随新四军第七师北撤时在芜湖被捕，解来南京，11月牺牲。

留取丹心照汗青

忍看山河碎？愿将赤血流！
烟尘开敌后，扰攘展民猷。
八载坚心志，忠贞为国酬。
且喜天破晓，竟死我何求！

注：1945年9月，作者随新四军七师北上，遭国民党袭击被捕。作者在南京江宁狱中写了此诗。就义前，他在刑场上高声朗诵了此诗。

朱克靖

朱克靖（1895—1947），原名宏夏，字竹懿，号克靖，湖南醴陵人，中共党员。1919年考入北京大学。1922年加入中国共产党。1923年赴莫斯科东方大学学习。1925年任国民革命军第三军党代表兼政治部主任。1927年参加南昌起义并任第九军党代表。1938年1月任新四军政治部顾问兼直属战地服务团团长。1940年任新四军联络部部长。1941年任苏中第三分区专署专员。1944年任苏浙行政公署主任。1945年12月任新四军兼山东军区秘书长、联络部部长。1946年1月任华中民主联军政委、驻郝鹏举部军代表。1947年初因郝鹏举反水被捕，解来南京，同年10月牺牲。

赴苏中解放区途中

七载驱倭溅血痕，剧岭焦土万家村。
衔枪夜袭惊残吠，山马宵征怒晓星。
尺地争回常百战，一声杀敌九天闻。
莫谓重光无底事，须凭群力任贤能。

注：此诗为作者在抗日战争时期所作。1944年2月10日，作

者与叶飞、谢克西两位同志同往苏中根据地，途经新解放区水洞口、高明庄等地，目睹败垣残砾，旧痕依稀，有感而发，写成此诗。

古　风

此身早许国，被卖作楚囚。
壮士非无泪，不为断头流！
一颗为民心，万古终不泯。
身心献党国，一死何足愁！

注：此诗是作者在南京国民党狱中写下的。

狱　中

风雨打牢墙，南冠客思长。
寄衣不见人，日日依囚窗。

绝命诗

我生君所依，我死君所泣。
良侣须自择，儿女当教齐。

注：此诗是作者牺牲前在狱中写下的。

任天石

任天石（1913—1948），又名启生，化名赵济民，江苏常熟人，中共党员。1932年8月考入上海中国医学院。抗战爆发后弃医从戎，组建常熟人民抗日自卫队，任副大队长、大队长。1939年加入中国共产党。1940年任中共常熟县委书记。1941年任江南行政委员会委员、江南第一行政督察专员公署专员兼常熟县县长。1946年9月任中共中央华中分局十地委常委兼社会部部长。1947年1月因华中十地委遭到破坏而暴露身份，在上海被捕，解来南京，1948年牺牲。

狱中诗

春景宜人群魔盗，万世逞雄易烟消，
咫尺重山繁荣市，为民幸福被坐牢。
惨淡灯光照监房，坚壁重门意不挠，
百般磨难非人受，自古暴政系回光。

注：1948年，作者被囚禁于南京国民党首都卫戍司令部。他在狱中写信给大年哥（即包厚昌同志，当时为苏中十地委常委兼军事部长），同时在信中作了此诗。

高　波

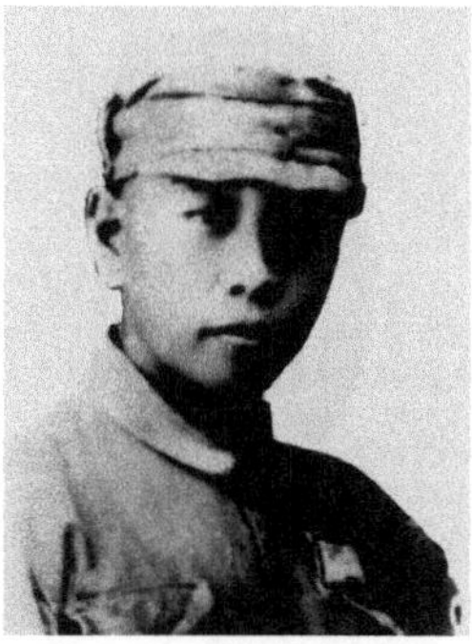

高波（1913—1948），原名高如化，别号连峰，陕西米脂人，中共党员。1937年入中国人民抗日军事政治大学学习，同年加入中国共产党。1938年任八路军留守兵团政治部烽火剧团团长。1942年任陕甘宁晋绥联防军警备第三旅政治部民运科科长。1945年任陕甘宁晋绥联防军警备第三旅敌工科长、八路军新十一旅第一团政委。1947年因叛军出卖在陕西被捕，自5月起至次年下半年，先后被关押在兰州、镇江、南京等地，1948年10月牺牲。

狱中诗

本为民除害，那怕狼与狗；
身既陷囹圄，当歌汉苏武。

注：此诗系作者被敌人关在兰州期间所写。

黄樵松

黄樵松（1903—1948），原名黄德全，号怡墅，河南尉氏人。1922年考入冯玉祥的西北军学兵团，历任排长、连长、营长、团长等职。抗日战争初期任国民革命军第二十六路军二十七师七十九旅旅长。1937年10月因战功升任第二十七师师长。1948年任国民党第三十军军长。1948年11月在太原前线筹划阵前起义，因部下告密被捕，解来南京，不久牺牲。

沙场诗

乡　思

十年戎马久离家，踏遍关山与水涯。
待到功成归故里，携儿月下种梅花。

述　志

陈兵娘子关，壮志薄云天。
笑斩鲤登头，放歌大坂山。

注：1937年10月，作者率军沿正太铁路迎击进犯日军，在娘

子关附近击落敌机一架，挫败敌人进攻的锋芒，此诗正是在此期间所作。

榴　花

昨夜梦中炮声隆，朝来满院榴花红。
壮士效命咫尺外，榴花原是血染成。

注：此诗是作者在 1938 年台儿庄战役前后所作。

练　兵

春天天气好，人人要起早。
挥舞刀和枪，杀敌逞英豪。
救国寸肠断，先烈血成河。
莫忘山河碎，岂能享安乐？

注：此诗是作者为激励官兵所作，作于 1938 年冬季。

诗人节

榴花红，红似血；
热情沸，赤胆裂。
甘愿为国抛头颅，为民洒热血。
红似血，不是血。
忠奸不易识，是非难辨别！
笑耶？哭耶？这诗人节。

注：此诗是作者 1946 年端午节所作。

狱中诗

死

戎马仍书生，何事掏虎子？
不欲蝇营活，但愿艺术死。

注：1948年秋，作者来到华北内战前线太原，决定率军起义，不料被部下告密。此诗正是作者被国民党当局扣押后所作。

黑暗的早晨

铁窗外，枯草离离，雨惨风凄，
这是清晨的苦寂。
铁鸟在云雾中号啕，
饿鸦在屋檐下默泣。
疲劳的看守兵靠在铁栏上欷歔着，
听我在朗诵——绝命诗！

骊　歌

——一枝梨花春带雨

春风桃李意如何？深夜一梦赋骊歌。
醒来惊唤人杳然，香汗如雨泪滂沱。
人生过眼似云烟，桃花含露春正妍。
物华唯有今日好，一饫余香死亦甜。

卧室颂

我的小屋中，铁栏密密封。
马桶煤油灯，淡盐水半碗，

白菜几梗。
网似的——虫吃的窟窿，
一堆大米包，灯影里，疑是坟墓重重。
一串恶梦，一阵狂叫，
惊醒没有娱乐的可怜虫——看守兵，
嬉闹着味正浓。

注：1948 年 11 月，作者被关押在南京看守所，在狱中留下《黑暗的早晨》《骊歌》《卧室颂》等诗篇。

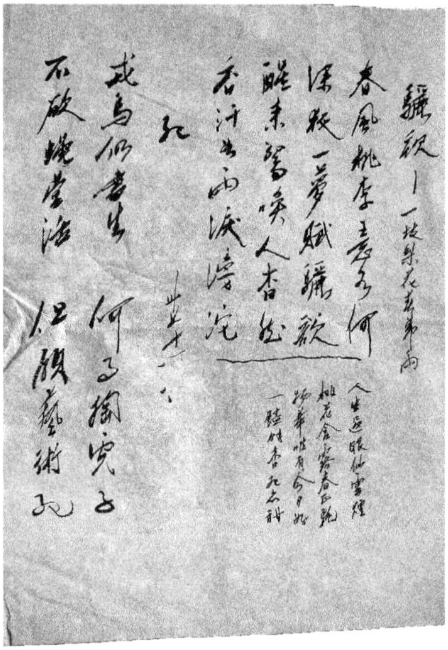

黄樵松《骊歌》《死》

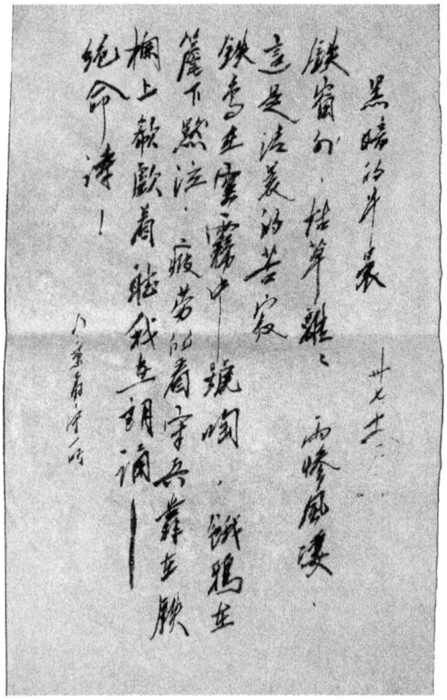

黄樵松《黑暗的早晨》

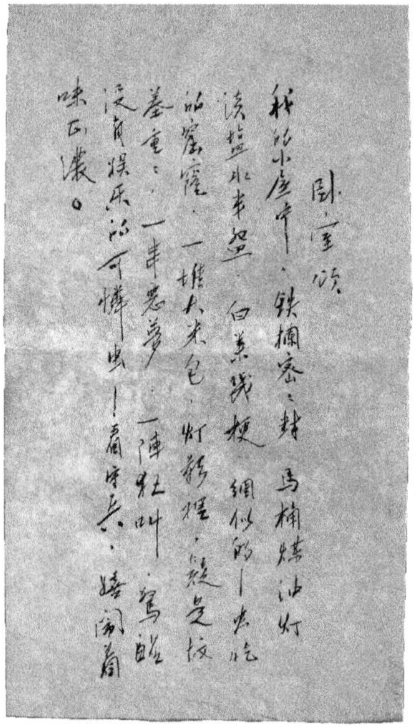

黄樵松《卧室颂》

谢士炎

谢士炎（1910—1948），又名谢天纵，湖南衡山人，中共党员。1938年毕业于国民党陆军大学。1940年任国民党八十六军四十六团团长。1945年任国民党北平第十一战区长官部作战处少将处长。1947年2月加入中国共产党，秘密从事革命情报工作。同年9月因北平地下情报系统破坏被捕，解来南京，1948年10月牺牲。

狱中诗

人生自古谁无死，
况复男儿失意时。
多少头颅多少血，
续成民主自由诗。

注：此诗是作者1948年在南京狱中所作。

中秋寄示彦元

西风起兮铁窗寒，

草木摇落兮梦魂不安！
月华初上兮谁与同看！
望铁窗兮泪阑干！

注：这是作者1948年中秋节在狱中写给妻子朱彦元的一首诗。

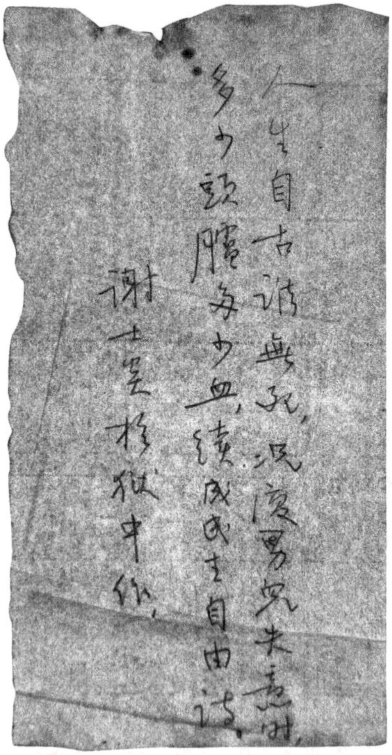
人生自古谁无死，况复男儿失意时，
多少头颅多少血，续成民主自由诗。
谢士炎于狱中作

谢士炎《狱中诗》

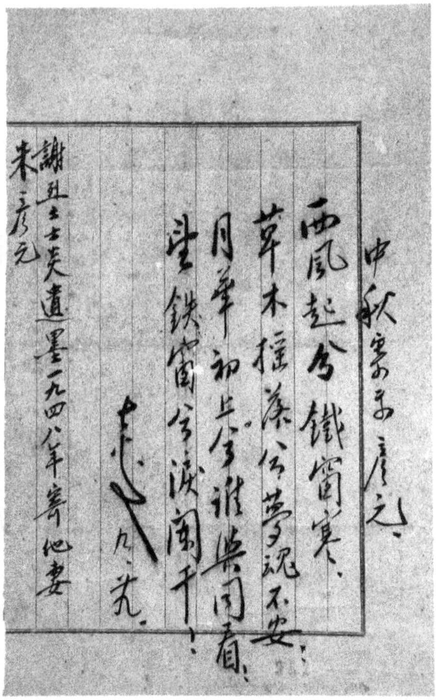
中秋寄示彦元
西风起兮铁窗寒，
草木摇落兮梦魂不安；
月华初上兮谁共看，
望铁窗兮泪阑干！
士炎 九、廿。
谢烈士士炎遗墨 一九四八年寄他妻
彦元

谢士炎狱中写给妻子的诗《中秋寄示彦元》

徐楚光

徐楚光（1909—1948），原名徐金安，曾用名徐祖芳、徐建豫等，湖北浠水人，中共党员。1926年考入黄埔军校武汉分校第五期。1927年4月加入中国共产党。1929年后从事国民党军的策反工作，在湖北、广西、河南、山西等地国民党军中任职。1941年任中国人民抗日军事政治大学一分校参谋教官。1942年打入汪伪政府任军委会政治部情报局上校秘书。1946年任中共中央华中分局第三工作委员会主任。1947年9月前往大别山革命根据地，途经武汉时被捕，解来南京，1948年10月牺牲。

贺洪侠猎取汪伪密码

敌军战鼓响叮冬，信陵盗符建奇功；
伤心千载秦淮水，血泪染洒雨花红。

与友人游栖霞山

破碎河山乱如麻，寺僧钟鼓噪无鸦；
山枫自有丹橙色，无意胜于二月花。

赠友人

秦淮画舫似浮尘，誓杀匈奴不惜身；
生死存亡无足论，为家为国为人民。

赠友人

敌强我弱感时艰，国事蜩螗莫等闲；
死里求生风雨里，待看红日照人间。

卢志英

卢志英（1905—1948），原名卢志江，又名卢涛，号育生，山东昌邑人，中共党员。1925年加入中国共产党。1929年在上海中共中央军事部做情报工作。1931年九一八事变后，被中共中央军委派往杨虎城部，做统一战线工作。1932年11月在南京从事统战工作和情报工作。1934年3月打入国民党赣北第四区保安司令部，后担任中共中央军委军事特派员。1939年底被派往上海搜集日军情报。1940年10月任苏北联合抗日部队副司令员兼参谋长。1942年1月受中共中央华中局、新四军派遣到上海，开展情报和采购军需物资等工作。解放战争时期在南京、上海等地从事情报工作。1947年因叛徒出卖，身份暴露在上海被捕，解来南京，1948年12月牺牲。

无　题

弟兄们死了，被人割了头；
被敌人穿透了胸！
活着的弟兄，要纪念他们，
他们作［做］了斗争的牺牲！
世界上惟有解脱奴隶的命运，

才是伟大的斗争。
惟有作了自己弟兄们的先锋，
才是铁的英雄！
才是伟大的牺牲！
弟兄们，忍耐着艰苦！
弟兄们，忍耐着创痛！
不忍耐没有成功；
不流血怎能解脱奴隶命运；
在地狱的人们，
不会有天降的光明！
只有不断的忍耐，
不断的斗争。
饥寒交迫的奴隶们……

注：此诗是作者1946年日记中所作的一首诗。

狱中诗

其一

不期被难又同室，倾吐衷肠两相知；
闻君伉俪已就义，常使肝胆照青史。

其二

铁镣啷当恨倍添，狱卒狰狞肆凶残；
伤心最是囚婴泣，凄凄切切震心弦。

其三

一统江山扰攘遍，满朝文武裙带连；
鉴呈恳请辞旧岁，等因奉此过新年。

其四

马依者狄克，奥斯威辛，
消灭不了欧州［洲］人民反抗的心；
柏林和罗马的两位暴君，
终于在人民面前粉骨而碎身。
中国的残暴者及其一群，
虽然凶暴了二十年，
你的末日即将来临；
纵然是帝国主义者全力支助，
也挽救不了你们的失败命运！

注：1947 年，作者被捕后，在狱中写下了这四首《狱中诗》。